SVETLANA VASILE
DIE NÄRRIN

SVETLANA VASILENKO
DIE NÄRRIN
Roman

Aus dem Russischen
von Esther Kinsky

Deutsche Verlags-Anstalt
Stuttgart München

Die Übersetzung wurde vom Literarischen Colloquium Berlin
mit Mitteln des Auswärtigen Amtes und der Senatsverwaltung für
Wissenschaft, Forschung und Kultur, Berlin, gefördert.
Die Übersetzerin dankt dem Deutschen Übersetzerfonds für die
freundliche Unterstützung ihrer Arbeit.

Die Originalausgabe erschien 2000 unter dem Titel *Durotschka*
bei Vagrius Publishers in Moskau.

Bibliographische Information Der Deutschen Bibliothek
Die Deutsche Bibliothek verzeichnet diese Publikation in
Der Deutschen Nationalbibliographie; detaillierte bibliographische
Daten sind im Internet über http://dnd.ddb.de abrufbar.

Gesetzt aus der Old Style
Druck und Bindearbeit: Freiburger Graphische Betriebe
Diese Ausgabe wurde auf chlor- und säurefrei gebleichtem,
alterungsbeständigem Papier gedruckt.
Printed in Germany
ISBN 3-421-05608-0

ERSTER TEIL

I

Quietsch.
Quietsch.
Quietsch-quietsch …
Quietsch.
Quietsch.
Quietsch-quietsch …
Nadjka schaukelt auf der rostigen Schaukel: rauf-runter, quietsch-quietsch.
Ich stehe auf dem Dach, schaue zu.
Daneben hängt Mama im Hof nasse Wäsche auf: das dunkelblaue Unterhemd meines Vaters, quietsch, mein Hemd, das genauso aussieht, nur verwaschener, quietsch, die Familienunterhose meines Vaters aus schwarzem Kunstseidenstoff, quietsch-quietsch, meine, die genauso aussieht, nur kleiner, ein Unterhemd, meines, und dann Nadjkas, einen Büstenhalter und ein langer Schlüpfer, der eine hellblau und riesig, den ganzen Himmel bedeckt er, der andere rosa, weich, flauschig …
Nadjkas Strümpfe hängt sie auf, erst den einen, dann den zweiten. Die Strümpfe hängen da wie Nadjkas Beine: ein Bein und das andere Bein.
Papa startet das Auto mit der Handkurbel. Einmal dreht er, verdammt, es springt nicht an, ein zweites Mal, verflixt und zugenäht, ein drittes, ein viertes Mal … Er dreht und kurbelt, wie aufgezogen, ohne Verschnaufen, tonlos fluchend.

Das Auto heißt »Gasik«. Oder mit anderem Namen »Bock«.
Es ist Herbst.

2

Vor einem Jahr im Frühling waren die Tulpen alle blutrot. Nadjka, meine Schwester, lief über die Steppe und pflückte sie. Sie lief und trat auf eine Schlange, die sonnte sich, war herausgekrochen, und die hat Nadjka gebissen, der Wurm, das Scheusal, wie ein Hund, happs, das graue Scheusal, der Dreck, über dem Knie, und ich fing an auszusaugen, Nadjka schiffte sich voll, schiff nicht, sagte ich, direkt mir auf den Kopf, die Dumme, mit den Lippen saugte ich aus, an der Lippe hatte ich eine Schramme, deshalb saugte ich das Gift in mich auf, ich wurde wie ein Schlangenscheusal, und ich ging im Krankenhaus umher und zischte: tss-ssa und packte Nadjka am Bein, ich kroch an sie heran und packte sie – und Nadjka schiffte direkt auf den Boden, ich kroch weg, ich hatte keinen Schwanz, dabei hätte ich so gern einen Schwanz gewollt, schiff nicht, sagte ich, hier bist du nicht in der Steppe, hier bist du im Krankenhaus, hier hast du nicht meinen Kopf, ich kroch langsam wieder in meinen Krankensaal, ach, ein Schwanz fehlte mir sehr. Als sie wegkroch, die eklige Schlange mit ihrem Schwanz, da machten die Tulpen drring, drring – mit ihren blutigen Köpfen zitterten sie, die Tulpen, drring. Die Tulpen hatten wir danach in den »Gasik« des Vaters gebracht, Gagarin war gerade in den Weltraum geflogen, wir hatten ihm zu Ehren Tulpen gepflückt, und wir brachten sie zu Lenin und legten sie ihm, zu Ehren Gagarins, zu Füßen. Es waren so viele Tulpen, sie reichten Lenin bis an die steinernen Knie, er stand bis zu den Knien darin, wie im Blut, das war schön. Aber als Nadjka und ich aus dem Krankenhaus kamen, da waren die Tulpen schon verwelkt, leblos lagen sie da, Nadjka brach in Tränen aus, ihr tat es so leid darum, mir auch, aber sie ist ein Dummerchen, sie darf das, ich nicht. Tsss-ssa, sage ich, und sie hat gepißt, direkt auf dem Platz vor Lenin, der Vater ist vor Scham fast gestorben, er war in der Armee, da hat er ihr eine geknallt, und es wurde noch schlimmer, noch beschämender: »Der Dienstältere hat ein Mädchen geschlagen.« »Der ist wohl betrunken.« »Das ist seine Tochter.« »Das ist doch egal, es ist ein Kind.« »Aber es ist blöd, sein Kind.« »Was?« »Eine Schwachsinnige.« »Ist doch egal, das darf man nicht, dann soll er sie besser ins Irrenhaus geben, damit er sich nicht zum Gespött macht.« »Aber sie hat sich vollgepinkelt.« »Na, das ist mir eine schöne Familie.« Der Vater wird die Pensionierung nicht mehr erleben, sollen sie doch verrecken, ach, diese verfluchten Leute, diese verfluchte Armeestadt, umgeben mit rostigem Stacheldraht, einen Schwanz und einen Zahn möcht ich haben, voll mit Gift – Tsss-sssa, da gibt er mir einen auf den Zahn: Was zischst du so? Rotes Blut kommt aus der Lippe, wie eine Tulpe, auf den Asphalt ist es getropft, meine Schramme auf der Lippe wird nie wieder heil! Papa! Was zischst du die ganze Zeit, du Schlangenbrut? Nadjka daneben, wie ein rotes Feuerwehrauto heult sie. »Aah!« aus voller Kehle, aus der Kehle kommt

ein rotes Aah und tropft auf den Asphalt. Der Vater packt uns, küßt uns auf die roten Lippen, »schweigt«, sagt er, »schweigt«. Wir schwiegen.
Er hob die hellblauen Augen zum Himmel und sagte mit blutigen Lippen:
»Herr!« sagte er, »Herr!«
Da war Nadjka erst gerade bei uns aufgetaucht.

3

Quietsch nicht so!
Quietsch.
Quietsch nicht so!
Quietsch. Quietsch.
»Hab ich nicht gesagt, du sollst nicht so quietschen? Nadjka! Hörst du?«
Sie hört nicht. Sie hört überhaupt gar nichts. Sie ist taub, vollkommen taub, kein Tönchen hört sie, eine taube Nuß. Aber Nadjka lächelt mich mit ihrem sonderbaren Lächeln von unten herauf an, als hätte sie mich gehört, aber nicht verstanden, was ich da gesagt hatte, mit dem Gesicht hilft sie dem Körper, die Schaukel anzuschubsen, in Schwung zu halten, und kommt näher zu mir hinauf … um meine Worte zu verstehen – und fliegt immer höher und höher auf. Sie fliegt fast bis zu mir heran, mit der Hand kann ich ihr Gesicht berühren. Und ich beschließe etwas.
Ich lege mich aufs Dach, mit dem Bauch auf den kühlen Schiefer, mit dem Gesicht zu Nadjka.
»Höher«, sage ich zu ihr, »höher, Nadjka!«

Und als ihr Gesicht, vor Glück hochrot, mit den stumpfen weitaufgerissenen Augen, von der Erde emporfliegt und sich mit schrecklicher Schnelligkeit meinem nähert, sage ich:

»Nadjka«, sage ich, »woher bist du gekommen, woher bist du auf dem Wasser zu uns gekommen? Warum? Wir haben doch vorher ohne dich gelebt, woher kommst du, Nadjka?«

Eine Sekunde lang verharrt ihr verwirrtes Gesicht neben meinem.

Ich schaue ihr in die Augen, nah, ganz nah.

Ich hab sie angeschaut: Nadjka!

Sie schweigt, aber ich habe gehört, wie sie in ihrem Schweigen gesagt hat:

»Ich bin Hanna.«

Die Schaukel quietschte. Rauf-runter. Immer lauter quietschte sie.

4

In dem heißen Mai 193... kam in das alte astrachanische Dorf Kapustin Jar ein Fuhrwerk gefahren, rostig quietschte es. Wer in dem Wagen saß, konnte man nicht erkennen, denn zu der Stunde hatte sich gerade ein Sandsturm erhoben, und die, die in dem Fuhrwerk saßen, bedeckten das Gesicht zum Schutz vor dem Sand oder aus Angst, als ob man sie schlagen wollte. Plötzlich ist es, als hätte jemand auch uns Sand und Staub in die Augen geworfen, die Winde in der astrachanischen Steppe sind seltsam.

Besser setzen wir uns auf den Wagen und fahren mit und schauen.
Und nicht deshalb, weil wir uns in den fremden Wagen gesetzt haben und zur Unzeit, sondern deshalb, weil es lebendig ist, deshalb hebt das Pferdchen den Schwanz, und unter dem Schwanz fallen goldene Pferdeäpfel heraus.
»Du schamloses Stutchen, früher ging es wohl nicht«, sagt die Alte zu ihm, die, die seine Zügel hält. Die Alte heißt Tante Charyta, an Jahren ist sie noch nicht alt, aber sie macht sich auf wie eine Alte, weil sie verkrüppelt ist, die Beine kann sie nicht bewegen.
»Was für ein Schatz geht da verloren«, wird sie brummen, und das Mädchen neben ihr enthüllt das Gesicht, und sie wird aussehen, wie eine Dreizehnjährige aussieht, ein dunkles Kleid wird sie anhaben und ein helles Kopftuch, und ihr Gesicht ist ikonenhaft und gleichmütig. Sie heißt Hanna. Sie schweigt in einem fort und denkt sich ihre Gedanken.
Die Tante Charyta macht Menschen in dem Staub aus, einen Mann in den Staubwolken grüßt sie, dieser geht durch den Sandsturm und stolpert in ihren Gruß und bleibt stehen und sieht die Gevatterin und das Mädchen verständnislos an, als wäre er betrunken, und er begreift nichts, aber er ist nicht betrunken.
Und sie fahren weiter, und sie sagt zu einem anderen »Grüß Euch«, und der stolpert im Lauf über das Wort und bleibt stehen wie eine fest am Wegrand verankerte Säule, und er schaut verständnislos, abwartend, daß sie vorüberfahren. Und ein Weib mit leeren Eimern bleibt stehen und guckt schweigend, nur der Sand schlägt an

die Eimer, und sie klirren leise und schaukeln hin und her. Und es wird dunkel, der Sturm hüllt das Dorf jetzt ganz ein, alles raucht von dem weißen Staub: der Weg, die Dächer, die Bäume, wie bei einem Brand, die Leute rennen durch den staubigen Rauch ohne anzuhalten, nur einer in der Ferne steht still, als warte er auf Tante Charyta und Hanna, um ihnen den Weg zu zeigen. Auf ihn halten sie zu.
Sie fahren heran, steinerne Stiefel sehen sie, große Stiefel, eine unmenschliche Größe, höher schauen sie gar nicht, schrecklich ist es, die Tante Charyta wendet das dumme Pferdchen, hü-hott, ach, hol dich der Teufel, das Pferdchen schnaubt, das Wenden ist sehr schwer, sie sind in ein Blumenbeet geraten, es stampft mit den Hufen auf, schnauft auf die Blumen, damit bläst es den Staub hinunter, unter dem Staub sind Tulpen, die Köpfe der Tulpen sind rot, lebendig, sie fahren ein Stück weiter und schauen zurück – das Blumenbeet ist rot wie Blut, inmitten davon die staubigen Stiefel von jemandem, in unmenschlicher Größe, und weiter oben sieht man nichts, alles ist ganz weiß vor Staub. Jetzt fahren sie wie in einer Milchsuppe, und keiner ist da, den die Tante Charyta nach dem Kinderheim fragen kann, denn sie suchen das Kinderheim, doch das Dorf ist riesig, einen Tag und eine Nacht können sie fahren, sie kommen nicht ans Ende.
Aber da – wie wenn man in der Dämmerung im Nebel fischen geht, und der Nebel ist wie Milch, weder den Fluß kann man sehen noch das Ufer – plötzlich: trring, trring, ein tonloses Fischerglöckchen schlägt an, das heißt, ein Fisch hat angebissen, und so ist es auch jetzt in diesem

Staubnebel: Trring-trring kommt es von dort vorn, und das Pferdchen hat bei diesem leisen Klang angezogen und ist weiter und weiter gegangen, und es wird heller und heller und deutlicher und deutlicher und – Gott sei Dank –, da geht ein braver Junge dort vorn, so ein lieber Bursche mit Angel und Widerhaken, und die silbernen Fischchen an dem Stecken leuchten einem direkt in die Augen, daß es fast wehtut. Er ist von dort, er ist aus dem Kinderheim, er zeigt ihnen den Weg, fahrt mir hinterher, bis zu der gehörnten Schule, in der gehörnten Schule ist es, hinter der Mühle. Tante Charyta hat ihre Freude an ihm, und sie klagt ihr Leid über die unmenschlichen Menschen hier, und der Junge geht voran und sagt, jawohl, die Leute hier, das sei vielleicht ein Volk, Verbanntenvolk, Feindesvolk, und im ganzen Dorf hier haben sie sich entschlossen und sich ausgedacht, daß sie taubstumm sein würden, ein taubstummes Volk, ohne Sprache, nichts hört es, Befehle versteht es nicht, keiner weiß, was man mit ihnen anfangen soll. Nur sie seien hier normal, bei ihnen im Kinderheim, dort ist es gut, sogar Fische kann man fangen, das erlauben sie.

Hanna schaut auf die silbernen Fischchen, die Sonne liegt darauf, und das kitzelt, das kitzelt, sie lacht laut wie ein klingendes Glöckchen, und der Junge schaut sich um: »Wir haben es sehr gut!« versucht er Hanna zu überzeugen. Aber sie glaubt es nicht! Er muß selbst lachen, und Tante Charyta hat auch losgelacht, so schön lacht Hanna, wie ein Vogel lacht sie. Heiß ist es. Und der Junge nimmt seine Kappe ab, schüttelt sie aus, als ob er Schnee abschüttelte, die schweißbedeckte Stirn wischt er sich mit

der Mütze ab, und mit dem Schweiß hat er auch sein Lachen weggewischt, hat sich umgedreht und ist losgegangen. Tante Charyta hört auf zu lachen: Auf den Kopf des Jungen ist ein Kreuz geschoren, ein Streifen von einem Ohr zum anderen, ein Streifen von der Stirn bis zum Nacken, eine Ader, die pulsiert. Was ist das, was du da hast, Bübchen, wer hat dich da mit dem Kreuz gezeichnet, und warum? Damit wir nicht davonlaufen, Tantchen, damit wir nicht fliehen.
Und damit geht er. Sie hinterher. Hinter dem lebenden Kreuz, eine Ader, die pulsiert.
Und Hanna lacht ganz so wie ein verwundeter Vogel, sie kann nicht aufhören, das sind die silbernen Fischchen, die ihr in den Augen kitzeln. Sie ist eine Närrin, Hanna, sie hätte die Augen schließen und nicht auf diese Fischchen schauen sollen, Tante Charyta hat zu ihr gesagt: Schau nicht hin, Hanna, aber sie weiß nichts und lacht wie ein kranker Vogel, wie ein müdes Glöckchen, bis ihr die Tränen kommen: Klirr-klirr.

5

Sie kamen zur Kirche, vier Türme hat die Kirche. Statt der Kreuze ist auf jedem Türmchen eine Wetterfahne.
Tante Charyta schlug ein Kreuzzeichen vor dem Gotteshaus. Der Junge lachte:
»Das ist doch unser Kinderheim. Die gehörnte Schule heißt es, früher haben hier Mönche gewohnt, jetzt wohnen Kinder in den Zellen. Warum macht Ihr das Kreuz-

zeichen, Tante Charyta? Das sind keine Kreuze, das sind Hörner, auf den Hörnern Wetterfahnen, damit sie zeigen, wohin der Wind weht. Vor dem Gott der Winde habt Ihr das Kreuzzeichen gemacht.«

»Es gibt nur einen Gott!« Tante Charyta verbeugte sich vor der gehörnten Kirche.

Drei kleine Mädchen, Drillinge, umringten den Jungen und redeten durcheinander:

»Marat! Brüderchen! Fische hast du gebracht!«

Der Junge kauerte sich hin und machte sich daran, die Fische zu teilen.

»Dieses Fischchen ist für dich, Vera. Dieses für dich, Nadjeschda. Und dieses für dich, Ljubotschka.« Ein kleiner Fisch blieb übrig, da sah der Junge Hanna an. »Und der ist für dich, Mädelchen.«

Er nahm ihre Hand und legte ihr den kleinen Fisch auf den Handteller. Der kleine silberne Fisch lag in ihrer Hand. Hanna schaute den Fisch an, hob die Augen, schaute Marat an, lächelte.

»Mir gibst du die Fische! Gib die Fische mir!« schrie plötzlich eine Frau mit einem roten Halstuch, die kam und schrie mit Kommandostimme. »Die gefangenen Fische gehen in den gemeinsamen Topf.«

Die Mädchen hielten ihr erschrocken die Fische entgegen.

»Wir wollten doch nur schauen …«

»Ich kenne euch Abramovs … Nur schauen. Individualisten! Alles reißt ihr an euch, in die Familie. Immer alles einander zuschanzen! Euer Vater war zwar ein Volksfeind, aber immerhin war er doch auch Politarbeiter. Und ihr führt euch schlimmer auf als die Kulakenkinder!

Schämt euch. Ich hätte Lust, euch auf verschiedene Kinderheime zu verteilen. Dich, Vera, schicke ich nach Norden, Nadja, dich in den Süden, Ljuba in den Westen und Marat kommt in den Osten, nach Sibirien! Dann ist es aus mit dem Familiengeklüngel.«

Sie sah den Wagen und trat heran.

»Was ist das für eine Karre?«

»Eine Neue«, sagte Marat, »eine Neue ist angekommen.«

»Traktorina Petrovna. Leiterin des Kinderheims«, sagte sie grob und trat Tante Charyta entgegen. »Was willst du, Alte?«

»Nimm das Waisenkindchen auf, Petrovna, um Christus willen, nimm sie auf. Ich werde für dich beten.« Tante Charyta verneigte sich vor ihr. Sie stand auf dem Boden, klein, auf Krücken. Sie verneigte sich bis fast zu den Füßen.

Traktorina Petrana wurde zornig.

»Ich verbitte mir diese religiöse Agitation.« Sie musterte Hanna mit ihren bleigrauen Augen. »Wer von euch ist die Waise? Du?«

Hanna schaute erschrocken ihr Fischchen an, dann Traktorina Petrovna. Sie steckte den Fisch in den Mund und würgte ihn hinunter, mit den Schuppen. Sie schluckte und lächelte kläglich. Von den Schuppen, die daran hängengeblieben waren, sahen Hannas Lippen ganz silbrig aus, wie Fische.

»Das ist ja eine Wilde«, wunderte sich Traktorina Petrovna angewidert. »Folgt mir, damit wir die Formalitäten erledigen. Nun, ich werde euch schon umerziehen. Wir haben hier schon ganz andere umerzogen. Und ihr, ab mit

euch zum Hausmeister, die ganze Familie. Fragt ihn um Rutengrütze. Zehn Portionen für jeden!«
»Traktorina Petrovna!« sagte Marat flehend.
Die Schwesterchen begannen, wie aus einem Mund zu weinen.
»Na schön. Du hast mich überredet. Nimm alle Schläge auf dich, du bist ein Mann und Ritter. Ich bin heute guter Laune!«

6

Im hellroten Zimmer stand nur ein Stuhl, und an der Wand hing ein Spiegel. Hanna saß auf dem Stuhl und betrachtete sich; sie gefiel sich.
»Bleib als Aufwartefrau bei uns, Charytina Savelevna«, schlug Traktorina Petrovna vor, während sie mit einer Schere auf Hanna zuging. »Wir sind nur zwei Erwachsene hier, ich und der Hausmeister. Es ist zu viel für uns.«
»Ich muß zurück nach Hause. Ich hab meinen Haushalt, den Garten. Ich will das Mädchen abgeben und dann zurück nach Hause. Wenn ich sie angemeldet habe, dann …«
»Das Mädchen haben wir schnell angemeldet«, sagte Traktorina Petrovna und begann, Hanna die Haare zu schneiden. »Unsere Haarschur, das ist auch ein Dokument. Wir sind keine Bürokraten. Mach die Augen zu.«
Hanna schloß gehorsam die Augen. Traktorina Petrovna schnitt und fragte sie aus:

»Woher bist du, Mädchen? Wer sind deine Eltern? Wie bist du Waise geworden?«

»Sie ist von Geburt an Waise, Petrovna«, antwortete Tante Charyta an Hannas Stelle. »Auf einem Floß ist sie gekommen, über den Fluß, in einer Wiege. Auf einem himbeerroten Kissen, wie eine Puppe hat sie da gelegen. Ich tränkte gerade das Pferd, schaute hin – da trieb sie vorbei, ich hab nach ein paar Bauern gerufen, die haben sie rausgefischt. Sie war noch an die Brust gewöhnt, mit dem ganzen Dorf haben wir sie großgezogen ... Jetzt gibt's nichts, womit man sie füttern kann, ringsum herrscht Hunger, deshalb bring ich sie her ...«

»Und warum schweigt sie so?«

»Sie schweigt immer. Sie kann nicht sprechen.«

»Eine Kulakentochter ist sie!« sagte Traktorina Petrovna voll Überzeugung. »Das ist eine List. Woher hat ein armer Mensch eine Wiege? Und Holz für ein Floß. Ihr Vater und ihre Mutter sind Kulaken. Zu jeder List greifen sie, um ihr schmutziges Feindesblut in unserer sauberen neuen Welt zu hinterlassen.«

»Es gab damals keine Kulaken. Es war Krieg.«

»Krieg, sagst du? Nun, dann ist sie eben eine Bürgerstochter. Ein Kissen hat sie gehabt ... Die Tochter eines Weißgardisten!«

»Belaste deine Seele nicht mit einer Sünde, Petrovna ...«

»Und du, hab keine Angst. Wir führen keine Papiere hier. Ich behalte alles über sie hier.« Traktorina Petrovna klopfte sich an den Kopf. »Wenn ich will, strafe ich, wenn ich will, lasse ich Gnade walten. Ich sag es keinem. Deshalb hab keine Angst und sag mir, wessen Tochter sie ist. Das ist doch alles ausgedacht – ein Floß ... Trag nur nicht zu dick auf bei deinen Lügen ... Nun, mein Mädchen, gib schon Antwort ...«

»Ich sag's dir doch, sie kann nicht. Bei ihr im Kopf stimmt etwas nicht. Sie ist schwachsinnig«, erwiderte Tante Charyta.

»Schwachsinnig?« Aus unerfindlichen Gründen freute sich Traktorina Petrovna. »Das heißt, sie hat keinen Verstand? Dann ist sie ein Tier. Wie ein Affe. Aber aus jedem Affen kann man einen Menschen machen. Wir können ja ein Experiment mit ihr durchführen.«

»Sie ist kein Tier. Sie ist ein Mensch!« widersprach Tante Charyta.

»Was unterscheidet den Menschen vom Tier? Daß er einen Verstand hat! Also ist sie ein Tier.«

»Sie hat ihre unsterbliche Seele!«

»Seele – das ist ein Aberglaube. Es gibt keine Seele.«

»Doch!«

»Schön. Wenn es eine Seele gibt, gibt es dann auch Gott? Ja? Warum hat dein Gott ihr dann eine Seele gegeben, aber keinen Verstand? Gib Antwort!«

»Den Einfältigen verheißt Gott das Himmelreich, um den Klugen zu beschämen«, sagte Tante Charyta fest.

»Für eine Putzfrau wirst du wohl zu gottgläubig sein. Nun gut, Mädchen, mach die Augen auf. Das ist doch schön, oder?«

Hanna betrachtete sich, kurzgeschoren, mit einem einrasierten Kreuz. Sie fuhr sich mit der Hand über den Hinterkopf. Sie stand auf, zog ihren Schuh aus und schlug damit auf den Spiegel. Der Spiegel zerbarst klirrend.

»Du bist wirklich die Tochter eines Volksfeindes«, sagte Traktorina Petrovna haßerfüllt zu Hanna. »Du bist ein Affe, du bist ein Dreckstück, du bist ein Tier ...«
Draußen ertönte ein Schrei. Sie drehten die Köpfe. Ein großer ungeschlachter Mann schlug Marat mit einer Rute. Tante Charyta stöhnte auf, ruckte an ihren Krücken, schleppte sich zur Tür, auf den Hof wollte sie kriechen. Traktorina Petrovna schritt über sie hinweg und stellte sich wie ein Wächter an der Tür auf.
»Mach dir keine Mühe, Alte, bleib stehen, wo du stehst.«
»Sie tun dem Kind doch weh, Petrovna.« Tante Charyta konnte es nicht begreifen. »Dieses Untier schlägt das Jungchen, wie kommt das, wofür?«
»Das sind keine Schläge, Saveljevna, das ist Erziehung. ... Egorytsch und ich sind wie Vater und Mutter für sie. Wie Mama und Papa. Wir geben ihnen zu essen, zu trinken, wir halten alles sauber, alles wie in einer Familie«, erklärte Traktorina Petrovna feierlich. »In unserer einträchtigen sowjetischen Arbeiter-und-Bauern-Familie!« Und dann fuhr sie Tante Charyta streng an: »Verschwinde jetzt. Und für den Spiegel bezahlst du mit deinem ersten Gehalt. Wenn du ihn abbezahlt hast, dann kannst du in deine Hütte zurückfahren.«
Hanna stand am Fenster und sah zu, wie Marat geschlagen wurde. Bei jedem Schlag zuckte ihr Körper zusammen, als empfinge sie die Schläge, als würde nicht er, sondern sie geschlagen.
»Ah!« schrie sie, »ah!«
»Verzeih mir!« Tante Charyta umklammerte ihre Beine.

»Verzeih mir, kleine Hanna, verzeih mir, mein Kindchen, daß ich dich hierhergebracht habe.«
Hanna setzte sich hin und legte die Arme um Tante Charyta. So saßen sie engumschlungen.

7

In der Nacht versammelten sich die Kinder in der Zelle um Hanna. Ein rothaariges Mädchen, Konopuschka, brannte vor Neugier und fragte Hanna:
»Was bist du für eine, Mädchen?«
Hanna schwieg. Sie schaute sie offen an.
»Wie heißt du?« fragte Konopuschka voller Ungeduld. »Sag mir! Ist sie etwa taub, ist sie etwa stumm?«
Hanna blickte gleichmütig, wie eine Ikone.
»Ich erzähle ihr jetzt ein Märchen«, sagte ein magerer Junge, der mit Spitznamen Charlie hieß.
»Wozu?« Der dicke Bulkin zuckte mit den Schultern. »Wenn sie taub ist, kann sie dein Märchen doch gar nicht hören.«
»Dann können wir ja feststellen, ob sie taub ist oder nicht. Hör dir das Märchen an, Mädchen. Es waren einmal eine Mutter und ihre Tochter, die lebten zusammen in ihrem Haus. So lebten sie vor sich hin, doch eines Tages kam für die Mutter die Zeit zu sterben ...«
Vera, Nadja und Ljuba, die drei Schwesterchen, brachen in Tränen aus.
»Bevor sie starb, rief sie die Tochter zu sich und sagte: ›Um eines bitte ich dich, meine Tochter: kauf kein rotes

Klavier, meine Tochter, klapp nicht den roten, roten Deckel auf, meine Tochter, und spiel nicht auf den roten, roten Tasten die rote, rote, so rote Musik ...‹ Damit starb die Mutter. Sie wurde auf einem schönen Friedhof beerdigt, man setzte ihr einen Grabstein, und die Tochter lebte von nun an allein. So lebte sie vor sich hin und vergaß die Worte ihrer Mutter. Eines Tages ging sie in ein Geschäft und sah dort ein rotes Klavier. Das gefiel ihr so gut, daß sie es kaufte. Das rote Klavier wurde zu ihr nach Hause gebracht. Es wurde Abend, und die Tochter beschloß, auf dem Klavier zu spielen. Sie trat zu dem roten Klavier, klappte den roten, roten Deckel auf, spielte auf den roten, roten Tasten, und es floß rotes, rotes Blut ... ›Gib mir dein Herz, Mädchen!‹«

Plötzlich streckte der Junge Hanna seine Hand entgegen.

Hanna schrie auf und rannte durch die Flure davon, als sei ihr Jener auf den Fersen und wollte ihr rotes Herz, und das Herz wollte ihr schier aus der Brust springen, sie hielt es mit der Hand fest, damit es nicht davonhüpfte. In ihrer Not schrie sie:

»Hah-ah-ah!!!« wie ein Tier und nicht wie ein Kind, so schreien nur Tiere in Todesangst.

Marat lief hinter ihr her.

Alle sprangen aus der Zelle hinaus und schrien auch, rannten durch die dunklen Gänge des Klosters hinter ihr her.

Hanna prallte gegen jemand. Sie hob den Kopf – Traktorina Petrovna stand da wie ein Fels, die Hände über der Brust gekreuzt, und über dem Felsen, in ihren Augen, blitzte es. Die Kinder blieben hinter der schwer atmenden

Hanna stehen. Traktorina Petrovna nahm Hanna an der Hand, den anderen sagte sie:
»Hinaus auf die Straße mit euch – Marsch!«

8

Im Mondlicht liefen die Kinder im Kreis auf dem Hof. In der Mitte stand Traktorina Petrovna und hielt Hanna fest an der Hand.
»Im Laufschritt, marsch! Schneller! Denkt daran: Hanna ist eine Dumme! Sie ist verrückt! Verstanden? Sie ist nicht so wie ihr. Sie ist wie ein Tier. Sie ist wie ein Hund. Darf man Tiere quälen? Im Laufschritt weiter! Quält sie nicht! Hanna ist krank! Ich gehe jetzt, ihr lauft weiter und denkt nach. Hanna, du bleibst stehen und schaust zu. Ich komme gleich wieder. Marsch! Marsch! Und links!! Marsch! Marsch! Und links!« Traktorina Petrovna ging davon, wobei sie sich selbst und ihren Beinen laut Befehle gab.
Charlie lief zusammen mit den anderen.
»Aber ich habe sie entlarvt!« sagte er zu Marat. »Sie ist gar nicht taub! Vielleicht spielt sie auch nur die Närrin? Stellen wir sie auf die Probe!«
»Wenn du Hanna noch einmal anrührst, schlage ich dich tot!« Marat zeigte ihm die Faust.
»Bei dir piept's wohl, was? Hast du dich etwa in die Närrin verliebt, was?«
Die Kinder liefen ohne anzuhalten. Marat und Charlie rollten Hanna wie ein Knäuel vor die Füße. Charlie ver-

setzte Marat einen Stoß mit dem Kopf. Dann lief er zurück in den Kreis.
Marat lag vor Hannas Füßen. Hanna kauerte sich hin, streichelte Marat übers Gesicht, strich ihm die blutigen Haare aus der Stirn.
Marat öffnete die Augen und sah sie dankbar an.
Die Kinder liefen weiter. Sie atmeten heiser, sie waren erschöpft.

9

Am Morgen räumte Tante Charyta im hellroten Zimmer auf und nahm eine Ikone aus ihrem Bündel. Sie wischte den Staub ab: die Gottesmutter mit dem Kind. Sie hängte sie in die Ikonenecke und schlug ein Kreuzzeichen. Da hörte sie eine Stimme hinter sich:
»Nimm die Ikone fort!« In der Tür stand Traktorina Petrovna.
»Das darf man nicht«, sagte Tante Charyta sanft.
»Dann tu ich es selbst.« Traktorina Petrovna ging auf die Ikone zu.
»Das darf man nicht.« Tante Charyta humpelte ihr in den Weg.
»Und warum darf man es nicht?«
»Man darf es nicht, so ist es eben. Heute ist Ostern, Petrovna. Christus ist auferstanden.«
»Ammenmärchen! Es hat nie einen Christus gegeben. Und wenn es ihn gegeben hat … Die Herrschenden haben ihn doch hinrichten lassen, sie werden schon gewußt

haben weshalb, nicht wahr? Wer herrscht, weiß Bescheid. Nimm die Ikone fort! In der sowjetischen Ordnung hat sie keinen Platz!«
»Wohin denn damit?«
»Auf den Schutthaufen der Geschichte!«
»Und wo ist dieser Schutthaufen?«
»Weg damit!« brüllte Traktorina Petrovna außer sich. Dann setzte sie etwas gefaßter hinzu: »Räum sie weg, zum Aufräumen bist du ja schließlich hier. Misch dich nicht in fremde Angelegenheiten. Geh jetzt und gib den Kindern Essen.«

10

Marat und Hanna gingen über den Hof.
»Soll ich dir was zeigen?« fragte Marat Hanna.
Hanna nickte.
»Marat, wohin wollt ihr? Kommt, wir gehen in den Speisesaal!» riefen die Schwesterchen dem Bruder im Vorbeigehen zu.
»Wir kommen gleich.« Marat führte Hanna zum Wärterhäuschen.
Sie blickten durch eine Ritze hinein. Drinnen saß der Wärter und aß. Er schnitt eine Riesenscheibe Brot ab, bestrich sie mit Butter, schnitt Speck und legte ihn auf die Butter. Er biß ab und kaute bedächtig. Hanna schaute sich nach Marat um.
»Ich weiß ein Geheimnis über ihn«, flüsterte Marat. »Wirst du es keinem verraten?«

»Immer bereit!« dröhnte es im Speisesaal.
»Singt ein Lied! Nur die Pioniere singen! Nur der linke Tisch! Auf geht's !«

Erleuchtet von Feuern, blaue Nächte,
wir Pioniere, der Arbeiter Kinder …

sang der linke Tisch.
Der rechte Tisch schwieg. Charlie steckte den Kopf hinter Traktorina Petrovna hervor und schnitt Grimassen. Er dirigierte mit dem Kochlöffel. Die Kinder am rechten Tisch hielten sich die Hände vor den Mund und zitterten vor Lachen. Dann lachte auch der linke Tisch, der sang. Alle lachten jetzt lautlos. Nur Hanna sang inmitten der Stille mit starker, reiner Stimme, den Blick nach oben gerichtet, auf die Zimmerdecke und darüber hinaus.

Es kommt eine Ära der leuchtenden Jahre,
Mensch sein heißt, immer bereit zu sein.

Charlie erstarrte mit seinem Kochlöffel in der Hand.
»Leute, hört doch! Die Stumme hat gesungen!«
Marat zupfte Hanna am Ärmel.
»Sing nicht, Hanna! So darfst du nicht singen! Das ist falsch!«
Hanna bemerkte nichts. Sie sang zu Ende.
Traktorina Petrovna sah sich nach Tante Charyta um, die gerade mit einem Topf gebackener Kartoffeln hereingekommen war.
»Du hast doch gesagt, daß sie nicht sprechen kann …«

»Das kann sie auch nicht«, bejahte Tante Charyta. »Sie kann nur singen, wie ein Vogel des Himmels.«
»Gut singst du«, sagte Traktorina Petrovna zu Hanna. »Wir nehmen dich bei den Pionieren auf! Ich mag schöne Stimmen! Ich liebe den Gesang!« Ihre Augen wurden feucht. »Eßt euer Frühstück!« Sie knallte die Tür so heftig zu, daß der Putz wie Schnee von der Decke rieselte – weiß und in Flocken. Sie war hinausgegangen.
Tante Charyta verteilte die heißen Kartoffeln.
Hanna stand allein. Es sah aus, als läge Schnee auf ihrem Kopf.
Und er taute nicht.

12

Im Nu hatten sie die Kartoffeln aufgegessen.
»Tantchen Charyta«, schmeichelte die kleine Vera, »seid doch so lieb und gebt mir noch eine Portion.«
»Es ist nichts mehr da, mein Kindchen.«
»Dann gebt mir doch wenigstens eine Kartoffelschale.«
»Auch Schale ist keine mehr da, mein Kind, alles ist aufgegessen. Nichts ist mehr übrig.«
»Aber ich will auch etwas«, weinte Nadja.
»Gib uns zu essen!« heulte jetzt auch Ljuba los. »Essen will ich, essen …«
Tante Charyta eilte zu den weinenden Schwesterchen, umarmte sie und sagte beruhigend:
»Ihr müßt ein wenig Geduld haben, Kinderchen. Ihr habt doch gerade gegessen …«

»Wir wollen essen«, weinten die Schwestern.
»Ich will was zum Futtern!« heulte auch Charlie.
»Wir wollen essen!« fielen alle ein. »Gebt uns zu essen!« Sie schlugen mit den Löffeln auf die Tische.
»Wartet noch ein wenig, bald gibt es Mittagessen. Jetzt ist nichts mehr da, ihr habt alles aufgegessen. Nein! Genug!« Tante Charyta breitete ratlos die Arme aus.
Aber dann besann sie sich.
»Still!« sagte Tante Charyta. »Wir werden Essen für euch finden. Ihr müßt nur ein wenig dafür arbeiten.«

13

Auf dem Markt ging das Leben seinen Gang. In den vom Regen grauen Bretterständen, auf Tragläden, im Gras oder direkt auf der Erde, ausgebreitet auf Zeitungspapier, Laken und Decken, lag die mit weißem Staub überzogene Ware. Die Leute verkauften, was sie besaßen.
Zahnlos nuschelnd versuchte eine steinalte Frau einen Maiskolben vom vergangenen Jahr zu verkaufen, sie hielt ihn in der Hand, als hätte sie ihr Gebiß – mit gelben, bernsteinfarben schimmernden Zähnen – aus dem Mund genommen und böte es nun feil.
Ein Mann und seine Frau verkauften Kartoffeln von ihrem Karren. Violette Maikartoffeln mit bleichen vorspringenden Keimen für die Saat. Die Kartoffeln lagen in Säcken, zwei kleine verschrumpelte Erdäpfelchen waren aus dem Sack gefallen und blickten mit ihren violetten Kinderaugen vom Boden auf.

Wie abgeschlagene Köpfe lagen schmutzige rote Bete auf einer Holzlade, ein riesiger Bauer packte sie am Schopf, schüttelte sie vor der Menge, warf sie wieder zurück, neben die Mohrrüben, die durcheinanderlagen, groß und klein, wie gebrochene und verrenkte Finger, voller Erdklumpen, erdig-rostrot.
Daneben waren Brocken blutigen Fleisches auf einem Wachstuch ausgebreitet, das Blut tropfte in den Staub. Grüne Fliegen krochen an dem Stand hinab, verbissen sich in den Staub, der sich wie vom Regen aufgeweicht zusammenballte, und saugten daraus wie aus blutigen Blumen die berauschende Süße.
Zu einem lebendigen silbrigen Berg gehäuft lagen Karpfen da, die schweigsamen Münder offen, im Schrei erstarrt, mit schreckensrunden Augen zuckten ihre kräftigen silbrigen Körper um ihr Leben. Der Fischer, ein sehniges, mageres Männlein in zerrissener Joppe, nahm einen Karpfen aus dem Korb, hob ihn hoch, zeigte ihn stolz wie ein Kind herum. Während sich die Leute um ihn scharten, lag der Karpfen reglos da, schwer und in der Sonne glänzend wie ein Block aus Silber – doch dann krümmte er sich ganz langsam und schlug plötzlich aus aller Kraft seinem Peiniger, dem mageren Mann, mit dem feuchten Schwanz ins Gesicht, einmal, zweimal, dann fiel er hin und hüpfte im Staub zu Füßen des Kamels, des großen stolzen Kamels, das auch zu verkaufen war.
Einerseits schien es auf diesem Markt genauso zuzugehen wie auf jedem anderen. Aber andererseits auch wieder nicht.
Die Verkäufer zeigten schweigend mit den Fingern auf die

Preise. Die feilschenden Käufer machten Gebärden, als schnitten sie sich ein Stück vom Finger ab, womit sie andeuteten, daß sie einen niedrigeren Preis wollten. Die Verkäufer nickten zustimmend.
Nur eine schweigsame Händlerin ließ ihrem Käufer nichts nach. Sie schlug sich in die Brust, küßte den bläulichen Körper des Huhns, offensichtlich wollte sie dem Mann bedeuten, wie nah dieses bläuliche Hühnchen ihrem Herzen stand. Der Mann verdrehte die Augen, faltete die Hände auf der Brust wie ein Toter, erzählte ihr in seiner stummen Sprache, wie schwer er es hatte. Die Frau verdrehte auch die Augen: für alle war es schwer. Lange handelten sie wortlos weiter. Bis es dem Mann zu viel wurde.
»Ach, soll es dir doch im Mund und in der Leber steckenbleiben, du Breitmaul.«
Der ganze Markt drehte die Köpfe nach ihnen, alle schauten strafend.
Die Händlerin erschrak, legte den Finger an die Lippen: Pssst! Nur mit den Lippen formte sie die Worte: Nimm's dir.
Der Mann nahm das Huhn, seufzte erleichtert auf. Den toten Leib gegen die Brust gepreßt, ging er davon.
Alle wandten sich ab.
Leise, flüsternd nahm das Leben auf diesem Markt seinen Gang: Man probierte ein Kleid an, ob es paßte, prüfte mit den Zähnen einen Ring, ob er wirklich aus Gold war, drückte die Hörner eines Böckchens zu Boden, um zu sehen, ob es auch stark war. Schweigend rief ein Weiblein Kunden herbei, indem sie ihre Melonen hob und schüttelte, ihre Wangen waren rund und gelbrot wie zwei Honig-

melonen, auf ihrer Brust raschelte eine Kette aus getrockneten Zwiebeln.
Dann kam Tante Charyta mit den Kindern auf den Markt. Sie stellte alle in einer Reihe auf. Sie betrachtete die Leute. Verneigte sich. Und laut sagte sie:
»Christus ist auferstanden!«
Alle Leute erstarrten und blickten zu Tante Charyta. Wieder verneigte sie sich tief bis auf die Erde und sagte laut:
»Christus ist auferstanden!«
Schweigend schlossen die Menschen einen engen Kreis um sie. Zum dritten Mal verneigte sie sich vor allen:
»Ihr guten Leute! Christus ist auferstanden!«
»Wahrlich, er ist auferstanden!« hauchten sie nur mit den Lippen. Leise, kaum hörbar, stumm, wie ein gemeinsamer Seufzer.
Mit zitternden Lippen sagten die Frauen unhörbar: »Wahrlich.« Die Lippen des mit Karpfenschuppen übersäten Fischers. Und die Lippen des steinalten Weibleins. Und die vollen Lippen des Fleischers. Sie alle seufzten und beugten sich vor, um den Osterkuß zu geben: Mit zitternden Lippen küßte eine Frau den Fischer dreimal. Die Lippen des steinalten Weibleins küßten die Lippen des Fleischers, dreimal. Der Mann mit dem Huhn küßte unbeholfen die Händlerin, dieselbe, die er eben noch beschimpft hatte. Unter Tränen küßten sie sich. Schweigend. Inbrünstig. Dreimal.

14

Eine junge Frau zog einen Karren über den Markt, auf dem ein betrunkener Mann unter einer Bastmatte schlief. »Christus ist auferstanden!« sagte Tante Charyta zu jedem und küßte alle.

»Mich auch, Mütterchen, küß mich auch!« hörte sie.

Sie sah sich um: Unter der Bastmatte reckte sich das betrunkene Männlein hervor und streckte ihr die feuchten Lippen entgegen, sein mageres Kinn schob er vor, kroch heran, um sie zu küssen. Dabei war er gar kein Russe, die Augen waren schmale Schlitze, die Nase platt. Tante Charyta hielt sich den Ärmel vors Gesicht, um sich vor dem Fuselgruch und den trunkenen Lippen zu schützen, dann fragte sie ungehalten:

»Bist du denn unseren Glaubens?«

»Von Abstammung bin ich Kalmücke, vom Glauben her orthodox«, sagte das Männlein auf dem Karren sanft. »Christus habe ich von Kindheit an von ganzem Herzen geliebt. Ich bin getauft. Nach dem Priesterseminar in der Stadt hab ich als Geistlicher gedient.«

»Als Geistlicher?« wunderte sich Tante Charyta.

»Er ist Priester bei uns«, bestätigte die junge Frau. »Vater Wassilij.«

»Also wirklich, Väterchen?« fragte Tante Charyta noch mal und stemmte die Hände in die Hüften. »Daß Ihr Euch nicht schämt, Väterchen! Ihr müßtet heute in der Kirche den Gottesdienst halten, den Leuten zum hohen Osterfeiertag Glück wünschen, doch Ihr habt Euch schon am Morgen vollaufen lassen!« schimpfte sie.

»Ich bin jetzt kein Priester mehr«, weinte Vater Wassilij. »Die Kirche haben sie geschlossen, die Kreuze abgebrochen, der Glocke die Zunge herausgerissen.«

»Und was für eine Glocke das war!« warf die junge Frau schnell ein. »Das war die Glocke aller Glocken! Fünfhundertfünfzig Pud hat sie gewogen! Auf dem Dampfschiff ist sie über drei Flüsse gekommen: zuerst über Mütterchen Wolga, dann über die Achtuba, dann die Podstjopka. Ich war noch ein kleines Mädchen, ich kann mich erinnern, wie alle zum Hafen gekommen sind, um sie zu begrüßen, als käme der Zar. Die Zarenglocke! Stark war sie! Wenn sie läutete, konnte man hier auf dem Markt das eigene Wort nicht verstehen. Auf fünfundzwanzig Kilometer weit hat man ihr Läuten gehört. Zu den Feiertagen hat sie geläutet und zu Schneesturm und Unwetter ... Und jetzt schweigt sie, hat keine Zunge mehr. Herausgerissen haben sie sie!«

»Was ist schon die Glocke! Hier hat man anscheinend den Menschen die Zungen herausgerissen – alle schweigen«, sagte Tante Charyta bitter.

»Ja, jetzt schweigen sie.« Die junge Frau wollte sich gar nicht beruhigen. »Erzähl, Vater Wassilij, wie sie früher in der Kirche gesungen haben!« Sie wandte sich an Tante Charyta, ganz schnell redete sie: »Im Chor haben sie vierstimmig gesungen, mit einem Dirigenten an der Spitze, vierzig Leute! Diskant, Alt, Tenor und Baß, wie im Theater, das war eine Pracht!«

»Jawohl, eine Pracht!« bestätigte Vater Wassilij.

»Eine Pracht!« echote die junge Frau. »Und die Feiertage haben sie gefeiert!« Sie konnte sich gar nicht fassen. »Zum

Dreikönigsfest sind nach dem Gottesdienst alle zur Podstjopka gegangen. Voran unser Väterchen, Vater Wassilij, mit dem goldenen Kreuz, hinter ihm das ganze Volk. Dort, mitten in der Podstjopka stand das Kreuz, aus Eis gehauen, hellblau. Es glänzte in der Sonne. Neben dem Kreuz war ein Loch ins Eis geschlagen, und alle stiegen ins Eisloch, um zu baden. Nackt badeten sie im Frost, und es hat ihnen nichts ausgemacht. Sogar die Kranken haben sich gebadet, um gesund zu werden. Und sie sind gesund geworden. Weil die Leute damals noch den Glauben hatten!«

»Und wo ist heute euer Glauben?« fragte Tante Charyta streng. »Hat er sich verbraucht?«

»Nein, er hat sich nicht verbraucht«, flüsterte das Väterchen.

»Wenn er sich nicht verbraucht hat, dann lies deinen Gottesdienst.«

»Wie soll ich denn einen Gottesdienst lesen, wenn es keine Kirche mehr gibt?«

»Als die Kirche nicht mehr da war, hat er angefangen Schnaps zu trinken. Früher hat er ihn gemieden wie die Pest«, sagte die junge Frau.

»Wo zwei oder drei in meinem Namen zusammenkommen, da bin ich unter ihnen«, sagte Tante Charyta und sah Vater Wassilij fragend an. »Wo sich zwei oder drei in Seinem Namen zusammenfinden, da ist Seine Kirche. Hast du das verstanden, Väterchen?«

»Ja, ich hab es verstanden, Mütterchen«, antwortete er.

»Und trink nicht mehr«, wies ihn Tante Charyta streng

wie eine Mutter zurecht. »Du hast hier einen Dienst zu verrichten, der Herr selbst hat dich hier auf deinen Platz gestellt.« Dann flüsterte sie ihm etwas ins Ohr.
In den schmalen Augen von Vater Wassilij glomm ein Feuer auf. Er hatte sie zu Ende angehört und stand von seinem Karren auf.
»Danke, Mütterchen.«
»Schon gut«, antwortete sie.
Sie stand auf ihre Krücken gestützt im Staub.
»Jetzt wollen wir Christus loben«, sagte sie.
Vater Wassilij kniete im Staub, um nicht größer als Tante Charyta zu sein.
»Christus ist auferstanden«, sagte er laut wie in der Kirche, damit alle ihn hören konnten.
»Wahrlich, er ist auferstanden«, sagte Tante Charyta lächelnd.
Sie sahen sich in die Augen, dann gaben sie einander den dreifachen Osterkuß.
»Mit mir auch, Gevatterin!« bat die junge Frau.
»Wie heißt du?« fragte Tante Charyta sie. »Und wie bist du mit Vater Wassilij verwandt?«
»Wir sind die Bokanjovs, Kleinbauern waren wir«, sagte die Junge. »Und Vater Wassilij ist mein geistiger Vater.«
Sie gaben sich den Osterkuß.

15

Mit reiner, kräftiger Stimme sang Hanna:

Christus ist auferstanden von den Toten, hat den Tod
mit dem Tod besiegt,
hat allen, die im Grabe liegen, Leben gebracht …

Alle steckten den Kindern Brot und Kartoffeln in die Taschen. Das Weiblein hängte Hanna ihre Kette aus Zwiebeln um. Den Schwestern gab sie eine riesige Melone, zu dritt mußten sie sie tragen, sie hielten sie mit den Ärmchen umschlungen wie etwas Lebendiges und preßten die Wangen dagegen.

Tante Charyta stand da mit der Ikone in den Händen. Neben ihr standen die Weiblein Schlange, um vor die Ikone zu treten, auf die Knie zu fallen und sie zu küssen. Dann machten sie das Kreuzzeichen und gingen davon. Tante Charyta schenkten sie gefärbte Eier, die diese in ein kleines Säckchen legte, vorsichtig bettete sie sie hinein, damit sie nicht zerbrachen.

Deine Auferstehung, Christus und Retter,
besingen die Engel im Himmel,
Wir preisen Dich reinen Herzens auf Erden …

sang Hanna und blickte lächelnd zum Himmel hinauf, als sehe sie dort jemand.

Die Leute standen und lauschten, verstohlen blickten sie zum Himmel hinauf. Was sah Hanna dort?

»Schau dort!« sagte jemand leise. »Die Sonne spielt …«
Der Himmel war leuchtend blau, als sei er extra zum Feiertag angestrichen worden. Und die Sonne kullerte darin hin und her wie ein bemaltes Osterei. Es sah aus, als spielte sie.
»Auseinander! Auseinander!« vernahmen sie plötzlich eine drohende Stimme.
Ein dicker Mann in einem militärisch aussehenden Uniformrock scheuchte die Menschen auseinander. Das war der Vorsitzende. Er schritt auf Tante Charyta zu.
»Ihr könnt also hören?!« rief er munter. »Nun seid ihr reingefallen, meine Täubchen, meine taubstummen Genossen, ihr Lieben. Wenn ihr einmal gezeigt habt, daß ihr hören könnt, heißt es, daß ihr nicht taub seid. Das heißt, ihr könnt auch sprechen! Dafür habe ich nur einen Beweis gebraucht! Das habt ihr verpatzt! Hereingefallen seid ihr! Jetzt hört ihr auf mich! Versucht nur mal, nicht auf mich zu hören! Hierher, in die Wüste, seid ihr zur Umerziehung geschickt worden, und geht's euch hier etwa schlecht? Taub seid ihr geworden! Hat der Sand euch die Ohren verstopft? Wem es hier nicht gefällt, den werde ich in den Norden schicken, da wird man euch die Ohren schon saubermachen, mit Schnee wird man sie euch abreiben! Bis sie blutig sind! Hört zu, Genossen und ehemalige Gutsbesitzer, was der Vorsitzende euch sagt: Morgen gehen alle aufs Kolchosenfeld, in die Steppe. Burjakov, Popov, Rogozin.« Er stieß seinen Finger in Richtung der genannten Männer. »Morgen geht ihr zur Tomatenernte aufs Vorwerk von Stasov. Verstanden? Verstanden, hab ich gefragt!«

Diese schwiegen, schauten ihn an, ohne mit der Wimper zu zucken, als hörten sie nichts. Dann drehten sie sich um und gingen davon.

»Koroleva, Zabirjutschenko, Bojko! Ihr fahrt morgen aufs Feld nach Pologoe Zajmischtsche, Melonen setzen. Habt ihr gehört?« Er sah die Frauen an. Diese warfen ihm einen Blick zu, und ohne mit der Wimper zu zucken, drehten sie sich um und verschwanden.

»Seid ihr Landbauern oder nicht?« schrie er, den Tränen nahe. »Die Erde ist bald hart wie ein Stein, mit den Zähnen wird man sie nicht aufbeißen können. Anna!« Er erblickte die Frau, die die Melone verschenkt hatte. »Anna Pschenitschnaja! Morgen gehst du mit den Frauen ins Zuckerrohr an den Fluß. Eine neue Kultur ist angebrochen, man muß sich anpassen ...«

Anna Pschenitschnaja setzte sich eine Melone auf den Kopf wie einen Krug. Mit angehaltenem Atem schwankte sie am Vorsitzenden vorbei wie ein Boot. Ich seh dich nicht, ich hör dich nicht.

»Lastovkin!« Er zeigte auf den Mann mit dem Huhn. Ohne ihn zu beachten, drehte dieser sich um und ging davon.

»Petr!« rief er dem Mann in der zerrissenen Joppe zu. »Rybakov!« In dem Augenblick verschwand Rybakov. Auf den Schultern trug er den Korb mit den Fischen, die glitzerten, als seien sie aus Silber,

»Bokanjova! Du Kleinbäuerin! Den Popen fährst du umher? Bleib stehen, zum Teufel!« Rasch machte sich die junge Frau davon, zog das Väterchen an der Hand und schob den leeren Karren vor sich her.

»Kanarejkos! Hört ihr mich?!«

Die Kanarejkos, Mann und Frau, sehn aus wie der Teufel selbst. Gelbe Haare, pockennarbige Gesichter, beide betrunken, und übermütig sind sie, sie haben das Kamel zu verkaufen. Die Kanarejkos erstarrten, als sie den Vorsitzenden erblickten, eine Zeitlang blieben sie auf einem Fleck stehen, dann spazierten sie davon und pfiffen dabei wie Vögel. Als wären sie nicht Mann und Frau, sondern zwei kleine Vöglein, zwei Kanarienvögelchen, so zogen sie ab, schwankend und singend und ohne etwas zu hören. Das Kamel saß unterdessen im Staub und käute wieder, und wie ein Pascha schaute es den Vorsitzenden verächtlich von unten herauf an. Das wurmte den Vorsitzenden, er spuckte dem Kamel vor die Füße in den Sand.

»Sieh mich nicht so an, du Bock!«

Das Kamel wandte ihm den Kopf zu, kaute gelangweilt mit den Lippen, reckte den langen Hals vor – und spuckte ihn an!

Der Vorsitzende war ganz mit übelriechendem Schaum besudelt.

»Warte nur ab!« sagte er zu dem Kamel, während er sich abwischte. »Warte nur ab! In die Kolchose kommst du! Auf den Viehhof! Ich werde dich lehren, die Autorität zu achten!«

Wischend und reibend ging er davon.

Das alte Weiblein stürzte auf den Vorsitzenden zu, stak ihm den Maiskolben ins Gesicht, zahnlos lächelte sie ihn an: So kauf doch.

»Geh weg, Alte!« scheuchte er sie davon.

Sie fuchtelte immer noch mit dem Maiskolben herum.
»Willst du mich etwa auch nicht hören?« drohte er.
Die Alte neigte ihm das Ohr zu.
»Hä?«
»Weg mit dir, Alte!!!« brüllte er ihr aus Leibeskräften direkt ins Ohr. »Erschießen sollte man euch! Kulakenpack! Feinde! Alle, alle gehören erschossen!«
Die Alte fuhr zurück, warf den Maiskolben auf die Erde und rannte vor dem Vorsitzenden davon.
»Euren ganzen gefräßigen Stamm!« erboste sich der Vorsitzende. Er ging an der Reihe der Marktstände vorbei. »Angefangen von den Kindern bis hin zu den Alten! Alle, ohne Ausnahme! Wie die tollwütigen Hunde! Alle erschießen!«
Die Leute machten sich hastig davon und ließen ihre Ware im Stich. Sie rannten fort.
»Gebt uns etwas, um Christi willen!« Zwischen den Ständen stand Charlie und bettelte.
Der Vorsitzende drehte sich um.
»Woher kommst du? Aus dem Kinderheim? Das werde ich an Traktorina Petrovna melden: Du agitierst mit dem Opium des Volkes! Weg mit dir!«
Charlie rannte davon. Die Kinder und Tante Charyta liefen auch fort, mitsamt dem Pferd.
Hanna blieb ganz allein auf dem Marktplatz zurück.
»Und du, woher bist du?« fragte der Vorsitzende Hanna. »Aus dem Kinderheim?«
Hanna schwieg. Schweigend schaute sie ihn an.
»Was, du gehörst auch zu denen? Auch eine Taubstumme?« fragte der Vorsitzende höhnisch.

Heute ist der heilige Ostertag …

sang Hanna.
Sie sang immer weiter und schaute hinauf. Zum Himmel.

16

Im Speisesaal war ein Festmahl vorbereitet. Auf den Tellern lagen Brot, Kartoffeln, Schmalz, Zwiebeln, Fladen, gebratener Fisch, die riesige Melone lag auseinandergebrochen in der Mitte des Tisches. Neben jedem Teller lag ein gefärbtes Ei.
Tante Charyta schnitt etwas, das wie ein Kuchen aussah, und gab jedem ein kleines Stück. Ein Kind nach dem anderen ging zu ihr, bekam ein Stück auf die Hand gelegt und ging damit davon.
Vera war an der Reihe.
»Was ist das? Torte?«
»Das ist ein Osterbrot«, antwortete Tante Charyta. »Eine gesegnete Speise. Nadja, Ljuba, kommt!«
Nadja und Ljuba hörten Tante Charyta nicht, sie spielten mit ihrem Bruder Marat Eierklopfen.
»Wer das Ei des anderen kaputtmacht, bekommt dessen Ei«, erklärte Marat seinen Schwestern.
Er schlug mit seinem roten Ei an ihre gelben Eier, zerschlug die Schale und wollte sie ihnen abnehmen.
Nadja gab ihres ab. Ljuba schrie:
»Du hast nicht ehrlich gespielt! Mit dem spitzen Ende auf das stumpfe! Komm, wir schlagen noch mal!«

Sie versuchten es noch einmal. Ljuba zerbrach das rote Ei und wollte es ihm abnehmen.
»Meines!« schrie sie.
Sie schälte es hastig und schluckte es ganz hinunter. Sie sprang zu Tante Charyta.
»Gebt mir ein Stückchen! Essen will ich, essen!«
Charlie malte sich mit einem feuchten Finger Tränen auf die Wangen, während er Bulkin erzählte:
»Ich hab geweint und gesagt: Onkelchen, gebt doch, um Christi willen. Und er antwortet mir: Opium willst du von mir? Weg, hat er gesagt, weg mit dir! Wenn nicht, schieße ich!«
»Opium, was ist das?« fragte Bulkin.
»Weißt du noch, als wir damals Bilsenkraut gegessen haben, wie betrunken sind wir herumgegangen ...«
»Charlie!« rief Tante Charyta und schnitt ein Stück Kuchen ab. »Das ist für dich. Und das hier, das letzte, das süßeste, das ist für Hanna ... Hanna!« rief sie. »Wo ist Hanna?«
»Sie ist auf dem Markt geblieben«, sagte Konopuschka.
»Wieso das denn?« Tante Charyta war verzweifelt.
»Ich hab zu ihr gesagt: Hanna, komm!«
»Und sie?«
»Sie hat mit der Hand abgewinkt: Geh nur. Sie hatte ihr Lied noch nicht zu Ende gesungen«, erklärte Konopuschka. »Sie ist sicher geblieben, um es zu Ende zu singen.«
»Wir müssen sie holen.« Tante Charyta machte sich sofort bereit, warf sich ihr Tuch um und ging zur Tür. »Sie wird sonst verlorengehen ...«
Sie kam zur Tür, die sich plötzlich wie von selbst öffnete,

als sei sie aufgetreten worden. Traktorina Petrovna hatte sie mit drohender Gebärde aufgestoßen. Hinter ihr kamen der Vorsitzende und der Wärter, die Hanna hereinführten.

»Charitina Saveljevna!« schrie Traktorina Petrovna Tante Charyta an. »Ich möchte eine Erklärung von Euch: Was hat Hanna auf dem Markt gemacht? Der Vorsitzende hat sie zurückgebracht. Habt Ihr sie geschickt? Was hat sie dort gemacht?«

»Sie haben gebettelt«, sagte der Vorsitzende. »Und euer altes Weib dort auch. Und dieses Söhnchen auch.« Er zeigte auf Charlie. Dann schaute er sich um. »Sie waren alle dort. Alle.«

»Sie haben gebettelt? Pioniere, die betteln?« schrie Traktorina Petrovna auf.

»Auch Pioniere wollen etwas zu essen haben. Sind sie etwa keine Menschen?« sagte Tante Charyta. »Vor Hunger sind deine Pioniere ja fast aufgedunsen ...«

»Euch hat niemand gefragt! Sie bekommen hier alles, was ihr Organismus braucht: Vitamine, Eiweiß, Kalorien. Alles, was ihnen zusteht. Verstanden?«

»Von Kalorien allein kann man nicht leben ...«

»Was ist das denn?« Plötzlich erblickte Traktorina Petrovna das Essen auf den Tischen.

»Das haben die Leute uns geschenkt.«

»Nein, das da, was ist das?« Traktorina Petrovna nahm angewidert ein bemaltes Ei in die Hand. »Charitina Saveljevna, ich habe Euch eine Frage gestellt!«

»Ein Ei«, antwortete Tante Charyta kurz.

»Das sehe ich, daß das ein Ei ist. Aber warum ist es blau?«

»Es ist angemalt.«
»Aha. Aber warum ist es angemalt?«
»Heute ist ein Feiertag. Was denn, Petrovna, bist du denn ungetauft?«
»Verschwinde!« schrie Traktorina Petrovna. »Deinen Fuß sollst du nicht mehr ins Kinderheim setzen! Weg mit dir! Egorytsch, nimm diesen ganzen unhygienischen Kram weg! Ein normales Ei ist weiß! Weiß! Weiß!«
Traktorina Petrovna fegte die Eier vom Tisch, trampelte mit den Füßen darauf herum.
»Weiß! Weiß! Weiß!« schrie sie dazu hysterisch.
Der Wärter packte alle Nahrungsmittel in einen Sack: Brot, Zwiebeln, Schmalz, Kartoffeln. Auch die große Melone wollte er in den Sack stecken. Die Schwesterchen hielten die Melone umschlungen, sie wollten sie nicht abgeben.
»Die Melone gehört nicht allen! Das ist unsere Melone!«
Schweigend streckte er seine lange Hand nach der Melone aus, entwand sie den Schwestern und ließ sie in den Sack rollen.
»Weiß! Weiß!« schrie Traktorina Petrovna, während sie immer noch auf den Schalen und Krümeln herumtrampelte.
Dann atmete sie laut aus und war mit einem Satz aus der Tür. Der Wärter und der Vorsitzende folgten ihr.
Die Kinder saßen an den leeren Tischen und schwiegen. Sie hockten sich auf den Boden. Sammelten die zertretenen Eier auf.
»Das ist meines, das rote ...«
»Und meines, das gelbe ...«

»Von meinem ist gar nichts mehr übrig …«
Sie saßen da, klaubten die Krümel vom Boden auf und aßen sie.
»Tante Charyta, warum ist sie so?« fragte Konopuschka.
»Der gehörnte Dämon ist bei ihr eingezogen und hat sich eingenistet, da amüsiert er sich jetzt. Er ist mächtig!«
»Gehst du jetzt weg von uns?«
»Nein, ich lasse euch jetzt nicht allein. Ich werde kämpfen …«

17

In der Nacht schliefen die Kinder im Schlafsaal nicht. Konopuschka sagte flüsternd:
»Sollen wir Mutter, Vater, Kind spielen?«
»Au ja«, stimmten die Schwestern zu. »Wir sind die Kinder! Und Marat ist unser Vater!«
»Gut«, sagte Konopuschka. »Und ich bin eure Mutter … Kinder, kommt zu Tisch, es gibt Abendessen!«
»Was gibt es denn heute zum Abendessen?« fragte Ljuba.
»Zum Abendessen gibt es einen riesigen, riesigen Kuchen mit Pflaumenmus, Kotelett und Eis.«
»Was ist denn Eis?«
»Das ist süßer Schnee.« Konopuschka tat so, als finge sie mit den Lippen süßen Schnee auf. »Marat, was ist los? Setz dich an den Tisch, als wärest du gerade von der Arbeit gekommen. Zieh den Mantel an, als kämest du direkt von draußen herein. Und dann ziehst du ihn aus. Steh auf!«

Konopuschka wickelte Marat einen Schal um den Hals, knöpfte ihm den Mantel zu, setzte ihm eine Kappe auf den Kopf.
»Ach, wie gut, mein lieber Mann«, seufzte sie ganz wie eine Ehefrau. »Überall muß man die Augen haben, damit man ihn mir nicht wegschnappt«, sagte sie und genierte sich dann, sie wurde ganz rot und lachte. »Zieh schnell den Mantel aus! Das Essen wird kalt!«
Sie fing an, Marat aus dem Schal zu wickeln, sie drehte ihn wie eine Puppe, die drehte ihn hin und her, aber sie brachte nur alles durcheinander.
Marat wurde böse:
»Du kannst nicht die Mutter meiner Kinder sein!« sagte er in erwachsenem Ton. »Hanna ist die Mutter meiner Kinder.«
»O je! Da hast du ja eine schöne Frau gefunden!« Konopuschka war beleidigt. »Nicht Fleisch, nicht Fisch. Eine Närrin hast du dir zur Frau genommen!«
»Dafür ist sie schön!« sagte Marat und sah Konopuschka vielsagend an, ob sie ihn verstanden hatte.
»Schau dich doch selber an! Scheusal!« flüsterte sie.
»Ein Mann muß klug und stark sein. Und eine Frau gut und schön. Dann werden auch ihre Kinder klug, gut, stark und schön. Hast du verstanden, du böse Hexe?« sagte Marat selbstzufrieden.
Daraufhin ging er zu Hanna und fragte sie unbeirrt: »Hanna, möchtest du meine Frau sein?«
Hanna saß auf dem Bett und schwieg.
Marat sah ihr bange in die Augen.
»Hanna, wirst du meine Frau? Ja oder nein? Sag es mir!

Ich werde dir nie wehtun! Keinen Finger werde ich gegen dich erheben! Alles werde ich mit dir teilen! Bis auf die letzte Kopeke!«

Hanna schwieg.

»Das geschieht dir recht!« sagte Konopuschka voll Schadenfreude.

Marat fiel auf die Knie und rief verzweifelt, als hinge wirklich sein Schicksal davon ab:

»Hanna! Werde meine Frau! Ich bitte dich um deine Hand und dein Herz!«

Hanna zögerte. Dann nickte sie ganz leicht und streckte ihre Hand nach seiner aus.

Marat war glücklich, er führte sie zum Tisch.

»Das sind unsere Kinder, Hanna. Das sind die Töchter, die wir beide haben. Dies ist die kleine Vera, und dies Nadja. Und dies hier ist Ljuba.«

Hanna schaute jedem Mädchen in die Augen, jedem strich sie über den Kopf, gab ihm einen Kuß. Sie lief und holte aus der Ecke all ihre Schätze herbei – einen Kamm, ein Bonbon, ein Jo-Jo – und breitete sie vor ihnen aus.

Jedem Kind setzte sie eine Schale mit Wasser vor, das sollte die Suppe sein. Sie fütterte sie mit einem Löffel, blies auf das Wasser, damit die Suppe abkühlte. Die Schwestern wandten sich von dem Löffel mit Wasser ab, sie wollten nicht essen und kicherten. Hanna fütterte sie liebevoll und beharrlich, bat sie.

»Warum herzt du sie denn?« Konopuschka wurde ganz ungehalten. »Du mußt sie verhauen! Sieh doch, was das für Randalen sind.«

»Poch-poch-poch!« Marat klopfte auf den Tisch. »Hier kommt euer Papa von der Arbeit heim.«
Wie ein Vogel flog Hanna ihrem Mann entgegen, knöpfte ihm den Mantel auf, wickelte ihm den Schal vom Hals. Sie ließ Marat am Kopfende des Tisches sitzen und brachte ihm mit einem Knicks eine Schale mit Wasser.
»Ach, ich bin müde!« erzählte Marat seiner Familie. »Zweiundzwanzig Anordnungen habe ich getroffen und dreiunddreißig Parteiaufträge habe ich erfüllt. Ich bin sehr erschöpft!«
»Da hast du dich aber fein eingerichtet! Mit einer sauberen Arbeit, du Faulpelz«, sagte Konopuschka haßerfüllt. »Das Büro schreibt für dich, und das Geld kommt.«
Hanna schnürte Marat die Schuhe auf. Sie stellte eine Schale mit Wasser auf den Boden. Sie wusch Marat die Füße und trocknete sie ab. Dann hob sie die Schale mit Wasser an den Mund, als wollte sie daraus trinken.
»Trink nicht!« schrie Marat. »Das darfst du nicht, das Wasser ist schmutzig!«
»Früher, in den alten Zeiten, wuschen die Frauen ihren Männern die Füße und tranken dann das Wasser«, sagte Konopuschka. »Das hab ich selbst gelesen.«
»Wir sind nicht in den alten Zeiten! Ruf Charlie und Bulkin!«
Konopuschka lief zur Tür hinaus.
Es klopfte an der Tür.
Wie ein erschrockenes Vögelchen blickte Hanna auf die Tür. Die Schwestern verstummten. Marat fragte mit angespannter, gleichsam hölzerner Stimme:
»Wer ist da?«

»Aufmachen! Sonst brechen wir die Tür auf!«
Sie warfen sich gegen die Tür.
Marat ging zur Tür und öffnete. Charlie und Bulkin stürzten herein. Böse waren sie, furchterregend. Alles im Haus wühlten sie durch, sie suchten etwas.
»Wer seid ihr? Und was macht ihr in meinem Haus?« fragte Marat sie.
»Wir sind die Schwarze Krähe!« schrien die beiden und zeigten ein weißes Stück Papier vor. »Aber du bist ein Volksfeind. Und du bist verhaftet!« Sie drehten Marat die Hände auf den Rücken. Sie schleppten ihn zur Tür.
Die kleinen Schwestern heulten auf wie aus einem Munde: »Papa! Papa! Papachen! Geh nicht weg!«
Alle im Schlafsaal weinten. Sie weinten wirklich, zogen sich die Decken über den Kopf.
Nur Hanna stand da und weinte nicht. Sie stand da wie erstarrt, als wäre sie gar nicht da, als wäre sie ganz in Gedanken versunken. Plötzlich stürzte sie sich wie ein Geier auf Charlie und Bulkin, sie griff sie an, schlug aus Leibeskräften auf sie ein, spuckte ihnen ins Gesicht, kratzte und biß und schlug, schlug, schlug …
»Das ist doch ein Spiel!« schrie Charlie und versuchte, sie abzuwehren. »Du Dumme! Wir spielen doch nur! Wir führen ihn doch nur zum Schein ab! Zum Spiel! Verstehst du? Du hast das ganze Spiel verdorben.«
Aber Hanna hörte nicht zu und schlug immer weiter. Bis sie davonliefen.
Sie umarmte Marat, führte ihn zum Tisch, ließ ihn sich setzen. Sie beruhigte die Schwestern, schüttete ihnen

mehr »Suppe« in die Schalen. Drohend schüttelte sie die Faust in Richtung Tür.
Sie setzte sich neben Marat.
Die Familie fing an zu essen.
Von allen Seiten folgten ihnen die Blicke aus den feuchten Kinderaugen.

18

Am Morgen weckte Traktorina Petrovna alle auf:
»Kommt, los!«
Die Kinder schliefen.
»Los, kommt!« schrie Traktorina Petrovna und zog ihnen die Decken weg. »Die Nacht ist zum Schlafen da! Antreten zum Appell! Marsch, marsch, marsch!«
Die Kinder sprangen schläfrig auf und zogen sich unwillig an. Traktorina zog Hanna die Decke weg. Hanna war ganz naß. Sie hatte ins Bett gemacht.
»Ach, du Schmutzfink!« Traktorina Petrovna schlug die Hände über dem Kopf zusammen. »Das ganze Bett hat sie vollgepinkelt! Was fällt dir ein? Warst du zu faul, um in der Nacht aufzustehen? Zu faul?«
Hanna bedeckte vor Scham ihr Gesicht mit den Händen.
»Nein, du schaust hin!« Traktorina Petrovna riß ihr die Hände vom Gesicht. »Du meinst wohl, du kannst pinkeln, und ich soll es auswaschen? Los, riech mal! Wonach stinkt das? Riech!«
Sie drückte Hannas Gesicht in das Feuchte.
»Riech! So bringt man jungen Hunden bei, daß sie nicht

ins Haus machen! Riech daran!« Sie geriet in Raserei. »Riech daran!«
Marat berührte Traktorina Petrovna an der Hand. Sie sah sich um. Schweißbedeckt und rot war sie.
»Was willst du?«
»Sie wird es selbst auswaschen. Ich bringe sie zum Fluß. Geht das? Nach dem Frühstück?«
Traktorina Petrovna richtete sich ächzend auf.
»Na schön. Aber Frühstück gibt es nicht. Heute ist Fastentag. Ihr kriegt Äpfel zu knabbern. Vitamine!« Sie ging zur Tür, dann blieb sie stehen. »Sieh dich nur vor bei mir! Du wirst es nicht für sie machen! Sie soll es selbst auswaschen, allein! An den Augen kann ich es euch ansehen!«
Traktorina Petrovna ging hinaus. Fast sofort danach ging die Tür wieder auf. Von der Schwelle aus schüttete der Wärter einen Sack mit Äpfeln auf dem Boden aus. Wie kleine glänzende Kugeln rollten die grünen Äpfel über den Boden und kullerten im Schlafsaal umher.
Jeder nahm sich einen Apfel. Marat biß ein Stück ab und verzog das Gesicht.
»So was Saures! Spuckt das aus!« sagte er zu seinen Schwestern. »Ich gehe mit Hanna zum Fluß, da pflücke ich euch süße Äpfel im Garten.«
Hanna hörte auf ihn und warf ihren Apfel weg.
Charlie und Bulkin stürzten sich auf die Äpfel. Charlie steckte sie sich ins Hemd, Bulkin stopfte seine Hosentaschen damit voll. Konopuschka lief zwischen ihnen herum und biß einen Apfel nach dem anderen an, damit kein anderer sie nahm.

»Das ist mein Äpfelchen«, sagte sie. »Und das ist meins. Und das hier auch.«
Ihr Gesicht verzog sich, weil die Äpfel so sauer waren, aber sie biß alle an, sie konnte es nicht lassen.
Sie biß ab und kaute und sagte dabei vor sich hin:
»Vitamine! Vit-ta-miiii-ne! Deshalb sind sie so sauer!«

19

Hanna und Marat gingen zum Fluß, zur Achtuba.
»Leg das ins Wasser.« Marat zeigte auf das Laken. »Da kann es durchweichen. Wir beschweren es mit Steinen. Und wir gehen unterdessen baden. Hab keine Angst, es wird nicht davonschwimmen.«
Marat zog sich bis auf die Unterhosen aus. Hanna zog sich ganz aus. Splitternackt stand sie da, mit dem Kreuzchen auf der Brust.
»Was machst du da? Du bist ja ganz nackt. Zieh dir doch die Unterhose wieder an!« Marat genierte sich für Hanna.
Hanna sah ihn an, sie verstand nicht, was er wollte.
»Na gut. Komm, gehen wir schwimmen.«
Hanna schüttelte den Kopf: Nein.
»Du kannst nicht schwimmen?« erriet Marat sogleich. »Komm, ich bringe es dir bei.«
Er stützte sie mit einer Hand und half ihr am Ufer entlang.
»Tritt mit den Beinen! Fester! Tritt nur im Wasser, spritz nicht. Jetzt versuch es auf dem Rücken!«
Hanna drehte sich um, und Marat fühlte sich wie ge-

blendet: Auf Hannas Brust sah er die beiden zarten rosigen Brustwarzen und unter ihrem Bauch ein goldenes Dreieck, das glühte, golden glühende Kohle …
Er konnte die Augen nicht abwenden.
»Tauch unter« rief er, aber die Stimme versagte ihm. »Schwimm unter Wasser.«
Hanna tauchte mit offenen Augen. Sie sah die kleinen silbrigen Fischchen unter dem Wasser, denen schwamm sie hinterher. Sie schwammen in einem fröhlichen, silbrigen Schwarm, sie spielten mit ihr und streiften ihr Gesicht mit ihren silbrigen kühlen Gesichtern. Sie wollte sie küssen. Sie spitzte die Lippen. Die Fische lachten silbern, wie Glöckchen, und entwischten ihr. Hanna tauchte auf. In ihren Ohren sauste und pfiff es.
»Du bist ein As!« rief Marat. »Zwanzig Meter bist du geschwommen. Ich hab gedacht, du ertrinkst! Du bist ein Naturtalent. Ich werde dir alles beibringen! Willst du, daß ich dir Lesen beibringe?«
Hanna schlug mit den Händen aufs Wasser, wie betrunken vor Glück und dem spritzenden Wasser, nickte sie: Ja, das wollte sie.
Sie schwamm auf ihn zu. Er kam ihr entgegen.
Plötzlich wand sich eine Schlange zwischen ihnen durchs Wasser. Ein glitzernder Strang, wie ein Blitz. Den Kopf hielt sie hoch über dem Wasserspiegel, als reckte sie den Hals. Sie blickte gefährlich.
Die beiden erstarrten.
»Eine Schlange«, hauchte Marat. »Sie schwimmt ans Ufer. Im Wasser beißt sie nicht.«
Hanna war wie erstarrt. Sie hatte Angst, sich zu rühren.

»Was ist los mit dir? Komm, wir schwimmen auf die andere Seite«, schlug Marat vor. »Dort ist die Mühle. Vielleicht können wir uns mit Mehl bestäuben.«
Sie schwammen nebeneinander her. Hanna bekam Angst, sie schlug mit den Händen um sich.
»Hab keine Angst, ich bin neben dir. Ich bin bei dir«, sagte Marat.

20

Bei der Mühle stand ein Rotarmist mit einer Flinte. Marat und Hanna huschten um die Ecke. Marat stemmte ein Brett zur Seite.
»Kriech durch!«
Sie krochen durch die Öffnung, es war, als kämen sie in eine andere Welt. Maschinen dröhnten, weißer Staub lag überall. Gleichmäßig arbeiteten die Mühlsteine, rauschend floß das Wasser, rieselte das Korn. Weiß wie Nebel hing das Mehl in der Luft.
»Bleib still stehen! Dann bleibt das Mehl an dir kleben!« flüsterte Marat Hanna ins Ohr. Er blieb auch stehen und breitete die Arme aus. Er zeigte Hanna, was sie tun sollte. Hanna stellte sich neben ihn und hob die Hände.
So standen sie und ließen sich von dem Mehl überziehen. Der bärtige rotgesichtige Müller, ganz von Mehl und Sonne umhüllt, erblickte sie. Der Rotarmist kam näher. Der Müller zwinkerte Hanna zu und führte den Rotarmisten fort.
Marat und Hanna krochen ins Freie hinaus, weiß waren

sie, ganz mit Mehl bestäubt, sogar ihre Wimpern. Sie gingen behutsam, die Arme zur Seite gespreizt, damit das Mehl nicht hinabrieselte.

21

Hanna leckte Marat den Rücken ab. Sie leckte das Mehl von seinem Rücken. Marat rollte sich zusammen und kicherte.
»Das bekommst du anstatt deines Frühstücks. Es kitzelt! Hanna, du bist wie eine Katze. Ach, ich kann nicht mehr! Komm, jetzt bin ich dran!«
Er drehte sich um und begann das Mehl von ihr abzulekken. Hanna lachte und warf den Kopf zurück. Es kitzelte. Ihre weißen Wimpern zitterten, das Mehl rieselte von ihnen hinab.
»Hanna, lach nicht! Halt still! Zittere nicht so, das ganze Mehl fällt hinunter.«
Er leckte ihren Rücken ab, und plötzlich erschien ein Muttermal. Direkt am Hals. Er drückte die Lippen auf das Muttermal. Er streichelte ihre gelockten Haare. Hanna war ganz still geworden, sie lachte nicht mehr. Und sie reckte den Rücken, stand gerade.
»Hanna«, sagte Marat tonlos, »Ich liebe dich.«
Sie sah sich ratlos um. Marat hatte verstanden.
»Du bist keine Närrin! Du bist keine Närrin! Du bist schön! Ich will dich heiraten!«
Er küßte sie auf die weißen Lippen. Dann umarmte er sie fester.

Hanna stemmte die Hände gegen seine Brust und stieß Marat weg. Aber er drückte sie immer fester an sich, wollte sie küssen.

»Was ist denn los mit dir? Ich werde dich wirklich heiraten. Hab keine Angst ...«

Hanna wandte ihr Gesicht ab.

Sie wandte den Kopf zum Fluß. Dort trug die Strömung gerade das Laken vorbei. Sie schrie auf und warf sich in Marats Armen hin und her.

»Was ist?« Er ließ sie los.

Sie zeigte mit der Hand.

»Da!«

Marat schaute auf den Fluß.

»Ach, es hat sich losgerissen. Wir werden es holen!« seufzte er. »Ach, du bist eine!«

Er lief dem Fluß hinterher. Und Hanna lief ihm hinterher. Sie rannten über das Ufer. Der Fluß wurde breiter, machte eine Biegung.

Plötzlich entdeckten sie ein Floß im Sand. Ein altes, morsches Floß. Sie stießen es ins Wasser. Und trieben auf dem Floß hinaus.

22

Mit geschürztem Kleid wusch Hanna das Laken am Ufer aus. Marat versteckte das Floß bei einem alten Weidenbaum. Er streute Blätter, Zweige, Gras über das Floß.

»Das wird uns noch nützlich sein.«

Er ging zu Hanna. Nahm ihr Gesicht und drehte es zu

sich. Jetzt schaute sie ihn wieder an. Liebevoll, und ohne seinem Blick auszuweichen.
»Liebst du mich, Hanna?«
Sie schloß die Augen. Ja.
Er nahm eine Wimper von ihrer Wange.
»Ach, ich möchte mit dir von hier fliehen!«
Sie schauten auf den Fluß. Hinter dem Fluß ging die Sonne unter.

23

Am Abend putzte Tante Charyta die Fußböden und ging hinaus, um das Wasser auszuschütten. Sie kam an der Bude des Wärters vorbei. Plötzlich tat sich die Tür der Wärterbude auf, der Wärter stieß Traktorina Petrovna hinaus.
Stumm klammerte sie sich mit ihren kräftigen Händen an den Türpfosten.
Er schlug ihr mit der Faust mitten ins Gesicht.
»Weg mit dir! Ich hab genug von dir!« Er warf die Tür zu.
Wie ein Kreisel trudelte Traktorina Petrovna von der Treppe.
Sie plumpste auf alle viere, ihr Kleid war am Hinterteil zerrissen.
Sie kroch in die Büsche.
»Oh! Oh! Oh!« heulte sie wie ein Tier.
Tante Charyta ging zu ihr und sprach sie an.
»Arina!« Sie legte ihr die Hand auf die Schulter. »Arinuschka!«

Traktorina Petrovna sah sich um, ihr Gesicht war ganz verweint.
»Meinst du mich?«
»Ist etwas geschehen?«
»Spionierst du mir hinterher?« Traktorina Petrovnas Tränen versiegten auf der Stelle.
»Ich kam gerade vorbei, wollte dir helfen, Arina.«
»Wieso nennst du mich Arina?« schrie sie. »Ich heiße Traktorina!«
»Du bist ein Mensch«, sagte Tante Charyta. »Und du brauchst einen menschlichen Namen, einen Namen, auf den man dich getauft hat«, sagte Tante Charyta.
»Mich hat die Sowjetmacht getauft«, sagte Traktorina Petrovna stolz und stand auf. »Sie hat mich so genannt, wie ich heiße: Traktorina. Und ich bin kein Mensch. Ich bin Kommunistin! Hast du das begriffen?«
»Ich hab schon lange begriffen, daß das keine Menschen sind.«
»Geh mir aus dem Weg!« schrie Traktorina Petrovna und schritt davon. Sie sah sich um. »Wenn du etwas sagst, kriegst du die Zunge abgeschnitten. Du redest hier nicht mit deinesgleichen, Charyta Saveljevna, nicht mit deinesgleichen!«
Tante Charyta schüttete das schmutzige Wasser aus dem Eimer. Sie schaute lange zu, wie das Wasser in der Erde verschwand.

24

In der Nacht ging ein Stöhnen durch den Schlafsaal. Konopuschka hielt sich den Bauch und weinte.
»Mama, au, mir tut der Bauch so weh!«
»Laß uns schlafen!« schimpfte Charlie. »Heul nicht!«
Konopuschka lief zur Tür, ganz gekrümmt hielt sie sich. Sie kam mit Tante Charyta zurück.
»Wo tut es dir weh?« fragte Tante Charyta und tastete Konopuschkas Bauch ab. »Tut es hier weh?«
»Überall tut es weh«, stöhnte Konopuschka.
»Sie hat Durchfall«, sagte Charlie. »Sie rennt die ganze Zeit. Sie kackt und kackt«.
»Ich brühe dir sofort Sauerampfer auf. Das geht vorbei! Du mußt dich ein bißchen gedulden«, sprach Tante Charyta auf sie ein.
»Ich kann mich nicht gedulden! Ich kann nicht!« Konopuschka sprang auf und rannte zur Tür.
»Wohin willst du?«
»Hinaus!«
»Die Kackerin«, sagte Charlie und machte es sich im Bett bequem. »Alle hat sie gequält!«

25

Am nächsten Morgen wurde Hanna bei den Pionieren aufgenommen.
Die Kinder stellten sich in der Steppe in Reihen auf. Traktorina Petrovna sagte:

»Heute nehmen wir ein neues Mitglied in die Reihen unserer Pioniere auf, unsere neue Genossin Hanna ...« Traktorina Petrovna hielt inne. »Hanna ohne Familiennamen. Hanna, tritt näher.«
Hanna ging zu ihr.
»Hanna ist stumm, das wißt ihr ja. Deshalb lese ich das Pioniergelübde für sie. Und du, Hanna, hör zu und sprich im Geiste mit.« Traktorina Petrovna räusperte sich. »Zu meinem Eintritt in die Reihen der Pioniere gelobe ich im Angesicht meiner Genossen feierlich: Für die Sache der kommunistischen bolschewistischen Partei zu kämpfen! Die Feinde der Sowjetmacht gnadenlos zu vernichten! Mich bis zum letzten Blutstropfen für die Sache der Arbeiter und Bauern zu opfern!«
»Laß mich mal durch«, flüsterte Charlie Bulkin zu. »Ich hab Bauchkrämpfe.«
Er rannte ins Gebüsch. Da setzte er sich hin, nur sein Halstuch sah man.
Ein zweiter lief in die Büsche, dann ein Dritter. Am Ende des Gelübdes saßen alle Pioniere im Gebüsch. Traktorina Petrovna wollte einen der Pioniere bitten, Hanna das Halstuch umzubinden, sie schaute sich um, und niemand war mehr da. Sie wollte Hanna selbst das Tuch um den Hals schlingen, doch bevor sie den Knoten binden konnte, packte der Wind das Halstuch und trug es in den Himmel hinauf, wie eine rote Schlange flatterte es am Himmel.
Traktorina Petrovna lief dem Halstuch hinterher. Sie sprang hoch. Dann fiel sie hin.
»Traktorina Petrovna!« riefen die drei Schwestern nach

ihr. »Kommt schnell in den Schlafsaal! Konopuschka liegt im Bett und atmet nicht mehr!«
»Sie ist ganz kalt!«

26

Konopuschka lag im Bett und war tot.
Traktorina Petrovna berührte ihre Stirn. Schnell zog sie die Hand zurück. Sie blickte auf und sah Tante Charyta an.
»Ist sie tot?«
»Sie ist entschlafen«, sagte diese sanft.
»Von einem einfachen Durchfall?«
»Es sieht nach Cholera aus, Petrovna«, sagte Tante Charyta streng.
Ein paar Jungen kamen herbeigerannt.
»Charlie ist im Gebüsch umgefallen.«
»Ist er tot?«
»Nein, er lebt … Er redet wirres Zeug, er ist im Fieberwahn, was nun?«
»Wir müssen ihn isolieren«, sagte Traktorina Petrovna bedauernd. »Aber wohin sollen wir ihn legen? Wir haben keinen Platz … Bringt ihn in den Schlafsaal. Was soll ich tun, Charyta? Hier im Dorf gibt es keinen Arzt, gar nichts …«
»Dann werden wir eben sterben, einer nach dem anderen«, sagte Tante Charyta.
Plötzlich hatte Traktorina Petrovna es eilig. »Ich gehe und rufe in die Stadt an«, sagte sie. »In Zarjov. Ruft mich … wenn es nötig ist.«

27

Charlie lag im Sterben. Er sah fremd aus, blaß, düster. Mit offenen Augen lag er auf dem Bett. Er redete schnell:
»Du lauf am linken Rand entlang und ich in die Mitte. Du hängst an der Tür, ich renne mit dem Kopf dagegen... Schlag! Ja, schlag zu! Schlag!« Er richtete sich fast gerade auf, dann sackte er in sich zusammen und fiel zurück.
»Danebengegangen ... Trinken will ich ... Trinken ...«
Hanna eilte mit einem Krug zu ihm. Tante Charyta ließ sie nicht heran.
»Geh, ich mache es selbst. Du wirst dich anstecken.«
Hanna schüttelte den Kopf. Nein, das würde sie nicht. Sie gab Charlie zu trinken. Der schloß die Augen, dann öffnete er sie wieder, blickte ganz klar, fragte Tante Charyta:
»Muß ich sterben?«
»Gebe Gott, daß du gesund wirst, mein Söhnchen«, antwortete Tante Charyta.
»Ich sterbe, ich weiß es«, sagte Charlie. »Ich habe Angst. Sag mir, Tante Charyta, wohin komme ich, wenn ich sterbe? Wohin verschwindet das Leben? Und wer werde ich, wenn ich sterbe? Oder werde ich gar nicht mehr sein? Sag es mir doch.«
»Dein Leben ist ewig, mein Liebes. Die Seele ist unsterblich. Und du wirst ein Engel im Himmel sein«, sagte Tante Charyta. »Und du wirst im Paradies weilen. Bist du getauft?«
»Nein.«
»Ach du lieber Gott!« Tante Charyta rang die Hände.

»Hanna! Bring den Bottich! Und mach Wasser warm. Wir wollen Charlie taufen.«

28

Hanna schüttete einen Eimer Wasser in den Bottich. Tante Charyta wählte zwei Kinder aus.
»Ihr seid Charlies Taufpaten. Stellt euch hierher.«
Die kleinen Schwestern kamen zu Tante Charyta.
»Stört nicht, Kinder«, bat Tante Charyta sie.
»Ist das ein Spiel, Tante Charyta?« fragte Vera.
»Nein, das ist kein Spiel.«
»Dann will ich auch ein Engel werden«, heulte Vera los. »Tauft mich auch.«
»Und mich auch. Ich will auch fliegen«, sagte Nadja.
»Wir wollen zusammen sein, wenn wir sterben«, sagte Ljuba. »Im Himmel.«
»Ich will auch ein Engel werden«, sagte Bulkin.
»Ich auch … ich auch!« Die anderen Kinder drängten herbei.
»Hanna! Marat!« rief Tante Charyta. »Stellt euch hier hin. Ihr seit die Pateneltern von allen Kindern hier. Nehmt sie bei der Hand.« Und mit einer überraschend tiefen, fremden Stimme sagte sie laut und vernehmlich:
»Vertreibe aus ihm jeglichen unreinen bösen Geist, der sich in seinem Herzen eingenistet hat und dort verbirgt.«
Sie hauchte auf Charlie und flüsterte dabei: »Auf seine Lippen, seine Stirn und seine Brust.«
Dann fragte sie Charlie laut und vernehmlich:

»Entsagst du dem Satan und all seinen Werken und all seinen Engeln und all seinen Diensten und all seinem Hochmut?«
»Ich entsage«, antwortete Charlie.
Die Kinder drängelten sich heran und sagten im Chor:
»Ich entsage.«
»Und jetzt dreht euch nach Westen. Die Kinder und ihre Pateneltern. Dorthin, zur Tür. Dort, im Westen, lebt der Fürst der Dunkelheit, der Satan, und wenn ich es euch sage, spuckt ihr aus. Weh auf ihn und spuck auf ihn!« rief sie laut.
Die Kinder spuckten aus. Plötzlich ging die Tür auf, und Traktorina Petrovna kam herein.
»O weh!« erschrak Vera.
»Was geht hier vor?« fragte Traktorina Petrovna.
»Eine Taufe«, erwiderte Tante Charyta barsch. »Geh hinaus, Petrovna.«
»Ich soll hinausgehen? Hört auf mit euren Popenstückchen! Das ist doch eine Unerhörtheit! Das sind Pioniere, unsere sowjetischen Kinder … Kinder! Laßt diesen Unfug! Es gibt keinen Gott!«
»Hinweg mit dir, Satan!« sagte Tante Charyta grob. »Wir haben dir alles gegeben, unser Hab und Gut, unser Fleisch und Blut, unsere Gedanken und Taten, alles haben wir dir, Satan, gegeben. Laß uns unsere Seele. Hinaus mit dir!«
Sie deutete befehlend auf die Tür.
Zornentbrannt lief Traktorina Petrovna hinaus.

29

Traktorina Petrovna ging zum Telefon.
»Hallo, Mädchen, verbindet mich doch mit dem hiesigen NKWD!«

30

Die Taufe ging zu Ende. Charlie lag auf dem Bett in einem weißen Hemd mit einem Kreuzchen auf der Brust. Vera, Nadja und Ljuba stiegen in den Bottich. Tante Charyta hielt jedem Mädchen Nase und Mund zu und tauchte sie dreimal unter.
Plötzlich und ohne anzuklopfen drangen etliche Leute in Uniformen in den Raum und umzingelten die Kinder und Tante Charyta.
»Da kommen die Teufel angeflogen«, sagte Tante Charyta und lächelte. »Ihr seid zu spät gekommen. Sie gehören nicht mehr euch.«
Einer mit einer Narbe im Gesicht sagte:
»Bürgerin Mova? Charitina Saveljevna? Ihr seid verhaftet.«
»Laßt mich nur Abschied nehmen«, sagte Tante Charyta.
»Ich habe jetzt keine Angst mehr zu sterben, Tante Charyta«, sagte Charlie.
»Verzeiht mir Kinder.« Sie verneigte sich vor ihnen bis zum Boden. »Lebt wohl.«
Hanna klammerte sich an Tante Charyta, sie wollte sie nicht fortlassen.

»Wir werden uns wiedersehen, Hanna. Wenn nicht auf Erden, dann im Himmel. Weine nicht. Marat, paß auf Hanna auf …«
Umringt von den Uniformierten, standen die drei kleinen Mädchen nackt und wehrlos in dem Bottich: Vera, Nadja und Ljuba.

31

Marat und Hanna rannten über die Steppe, er hielt sie bei der Hand. Sie rannten und waren schon ganz außer Atem.
»Wir müssen sie rächen! Sie vernichten, verstehst du? Wir werden sie vergiften. Weißt du noch, die Schlange, die wir am Fluß gesehen haben? Wir nehmen ihr Gift und vergiften damit Traktorina!«
Hanna setzte sich auf den Boden, zog Marat mit hinab. Nein. Sie schüttelte den Kopf: Nein!
Marat kauerte sich hin.
»Aber verstehst du nicht? Traktorina Petrovna ist eine Mörderin. Tante Charyta wird das Gefängnis nicht überleben. Und Konopuschka? Und Charlie? Sie hat sie mit Äpfeln zu Tode gefüttert! Vitamine! Nichts als Tod! Komm, laß uns gehen!«
Marat suchte das Loch der Schlange.
»Hier entlang ist sie gekrochen. Und dann dorthin. Da ist ihr Loch!« Marat steckte einen Stock in das Loch. »Komm heraus, kleine Schlange! Komm heraus, Grauchen!«
Langsam kam die Schlange aus dem Loch gekrochen. Marat schlug sie mit dem Stock. Die Schlange zischte. Er

schlug noch einmal zu, sprang zur Seite, packte die Schlange hinter dem Kopf.

»Hanna, gib mir das Glas! Halt es ihr unter den Zahn!«

Hanna zögerte.

»Schneller, Hanna! Ich kann sie nicht mehr halten, sie wird mich beißen!«

Hanna kam näher. Marat drückte auf den Kopf der Schlange, die riß ihr Maul weit auf. Hanna hielt ihr das Glas unter den Zahn.

Zäh floß die gelbe, harzfarbene Flüssigkeit an der Innenwand des Glases herab.

»Gift«, flüsterte Marat.

Die Schlange funkelte Hanna und Marat drohend mit ihren Augen an.

Marat wollte die Schlange mit dem Stock erschlagen. Hanna packte den Stock und nahm ihn ihm fort.

Wie eine schmutziggraue Schnur kroch die Schlange zornentbrannt davon.

»Hanna, man muß sie töten. Schlangen sind rachsüchtig. Hast du gesehen, wie sie uns angeschaut hat? Sie wird es in Erinnerung behalten, beim nächsten Mal wird sie sich rächen. So wie wir uns an Traktorina Petrovna rächen!«

»Nein.« Sie schüttelte den Kopf.

Sie entzündeten ein Feuer. Marat holte einen Lappen aus der Tasche und wickelte ihn auf.

»Das ist Mehl«, sagte er.

Er knetete daraus einen Teig, formte einen Fladen und drückte mit dem Finger eine Mulde hinein. Sie beugten sich über den Fladen, dabei berührten sich ihre Gesichter.

Marat goß einen Tropfen von dem Gift aus dem Glas in die Vertiefung. Das Gift zog rasch ein. Sie legten den Fladen auf einen Ziegelstein und den Ziegelstein mit dem Fladen gaben sie auf das Feuer.
Sie warteten, bis er gebacken war. Sie schwiegen.
»Fertig!« sagte Marat und zog den Fladen aus dem Feuer. Er wickelte ihn sorgfältig in den Lappen. »Sofortiger Tod!«
Hanna sah ihn angsterfüllt an. Zögernd stand sie auf.
Sie ging hinter ihm her, humpelte dabei leicht. Im Laufen strich sie sich mit der Hand über das Bein, es war beim Hocken eingeschlafen.

32

Bei der Ausgabe des Essens ging Marat zu Bulkin. Der hatte eine weiße Mütze auf dem Kopf und verteilte Weizengrütze auf die Teller. Marat zog ihm die Mütze vom Kopf, setzte sie sich auf und nahm Bulkin einen Teller aus der Hand.
»Heute trage ich für dich auf«, sagte er.
Er verteilte die Teller mit der Grütze. Er schaute sich um, zog den Lappen hervor und nahm den Fladen heraus. Den legte er neben den größten Teller – anstelle des Brotes.

33

Die Kinder saßen an den Tischen, als Traktorina Petrovna eintrat. Wie das Vaterunser in der Kirche kam es von ihren Lippen:

»Pioniereseidbereitzumkampfürdiesachederkommunistischenbolschewistischenpartei!«

»Haha-hahaha!« grölte der ganze Speisesaal wie üblich und stürzte sich auf das Essen.

Hanna und Marat warteten.

Traktorina Petrovna blies und probierte mit dem Löffel ihre Grütze.

»Die Grütze ist nicht gesalzen«, sagte sie. Sie nahm das Salz, salzte nach. Lange rührte sie die Grütze um, saß da, grübelte über irgend etwas nach. In Gedanken versunken nahm sie den Fladen, führte ihn zum Mund...

»If! If! If!« schrie Hanna plötzlich und sprang auf.

Marat wollte sie festhalten, sie riß sich los.

Traktorina Petrovna blickte verwundert und wollte in den Fladen beißen.

Hanna machte sich los, lief zu ihr, riß ihr den Fladen aus dem Mund und warf ihn auf die Erde.

Traktorina Petrovna lief puterrot an und bückte sich, um ihn aufzuheben.

Hanna stieß sie fort.

»If!« stieß sie hervor und trampelte mit den Füßen auf dem Fladen herum.

»Gift?« Traktorina Petrovna verstand, was sie sagen wollte. »Wer hat heute Dienst gehabt?«

Marat stand langsam auf.

34

Es war Nacht. Aus dem Fenster im Turm hörte man Peitschenschläge und Marats Schreie.
Hanna stand unter dem alten Ahornbaum. Bei jedem Schlag zitterte sie am ganzen Körper. Der Wärter warf einen riesigen Schatten auf den Boden. Dann wurde es plötzlich ganz still.
Hanna spuckte in die Hände und kletterte auf den Baum. Vorsichtig schaute sie durch das Fenster hinein.

35

Der Wärter stand mit seinem gewaltigen Rücken zum Fenster. Immer wieder bückte er sich und richtete sich wieder auf. Bei jeder Bewegung des Rückens versteckte Hanna sich hinter einem Ast. Endlich bewegte sich der Rücken zur Seite und verschwand.
Sie schaute geradewegs auf den toten Marat. Der Wärter hatte ihn aufgehängt.
Marats Gesicht war von Tränen naß.

36

Hanna schrie so laut, daß alle Blätter erbebten.
Der Wärter ging ans Fenster. Er schaute in die Dunkelheit, konnte aber nichts sehen. Dann lief er mit polternden Stiefeln hinunter.

»Hanna, komm runter!« Hanna erkannte die Stimme von Traktorina Petrovna. »Und schrei nicht so. Du weckst die anderen Kinder. Komm herunter, hab ich gesagt!«
Hanna klammerte sich noch fester an den Baum. Sie hielt sich verborgen. Unten hörte sie eine leise Unterhaltung:
»Ist er tot? Bist du ganz sicher? Sie hat alles gesehen? Was sollen wir tun, Egorytsch? Man muß sie beseitigen ...«
Der Wärter trat an den Baum und schüttelte ihn nach Leibeskräften. Der Baum schwankte wie in einem Sturm. Hanna drückte sich fest an den Stamm. Er schüttelte noch einmal. Dann ging er fort.
»Komm herunter, Hanna! Du bist ein braves Mädchen. Du bist ein gutes, ehrliches Mädchen. Du hast mir das Leben gerettet. Ich werde dir nichts tun. Was hat dir denn solche Angst gemacht? Daß Marat tot ist? Da ist er selbst schuld. Warum wollte er mich auch vergiften? Deshalb hat er sich aus Angst aufgehängt. Aus Angst vor der Strafe. Er selbst hat sich aufgehängt! Ganz allein! Komm herunter! Komm herunter, Mädelchen!«
Hanna kletterte noch weiter hinauf.
Plötzlich erzitterte der Baum von den Schlägen einer Axt. Und noch einmal. Und noch einmal.
Verbissen hackte der Wärter in den Baum.
Hanna blickte erschrocken hinunter. Traktorina Petrovna rief ihr vom Boden aus zu:
»Komm herunter, du Kröte! Eigenhändig werde ich dir den Hals umdrehen! Und keiner wird nach dir fragen! Sie ist an der Cholera gestorben, werde ich sagen. Dann werden sie Angst haben, herzukommen.«
Hanna kraxelte auf den allerhöchsten Ast. Sie machte

sich daran, von dort auf das Dach des Turmes zu springen.
»Spring nur, spring nur! Du wirst dich zu Tode stürzen! Von dort sind es mindestens drei Meter bis zum Turm!«
Hanna flüsterte lautlos etwas vor sich hin, dann sprang sie. Und in dem Augenblick krachte der Baum zu Boden. Der riesige Baum fiel direkt auf Traktorina Petrovna zu. Schreiend rannte Traktorina Petrovna vor dem stürzenden Baum davon. Aber der Baum erwischte sie noch und schlug sie zu Boden. Er erdrückte sie.

37

Hanna kletterte vom Dach hinunter und kroch durch den Zaun.
Sie lief durchs Dorf und schaute sich um. Niemand war ihr auf den Fersen. Sie verlangsamte ihren Schritt. Wie gewohnt wandte sie sich in Richtung Markt. Neben einem Holzladen legte sie sich in den Staub und rollte sich zusammen.

ZWEITER TEIL

I

Am Morgen wanderte Hanna an den Ständen vorbei. Sie stellte sich vor die Marktfrauen und bettelte mit den Augen um eine Gabe. Die Marktfrauen waren Fremde, keine Hiesigen. Sie kannten Hanna nicht. Eine großschnauzige Frau wischte mit großer Zärtlichkeit einen geräucherten Schweinskopf ab, als wäre es das Gesicht eines Kindes. »Geh weiter, Mädchen. Wir haben selbst nichts zu essen. Vor Hunger sind wir aufgedunsen!«
Da setzte sich Hanna neben einen Laden und begann zu singen:

Auf die Straße fällt der Regen,
Ergießt sich auf die Erde,
Ergießt sich auf die Erde.
Der Bruder wiegt die Schwester klein.
Der Bruder wiegt die Schwester klein,
Singt ihr vor ein Liedelein:
Ach, mein Schwesterchen, bald
Wirst du groß, wächst heran,
Wirst du groß, wächst heran,
Und ich geb dich zur Frau einem Mann
In einem fremden Dorfe,
Böse sind dort die Männer
Sie schlagen sich mit Stecken
Auf der Straße fällt der Regen, der Regen,
Ergießt sich auf die Erde …

Die Leute gingen ihrem Tagwerk nach und achteten nicht auf Hanna.
Nur eine junge Frau blieb stehen, und indem sie von ihrem Kuchen abbiß, sagte sie:
»Ach, traurig macht sie uns. Kein Bröckchen würde ich für solch ein Lied geben.«
Eine andere Frau kam vorbei, sie trug ein Joch. Daran hingen Eimer voll Milch. Ohne sich an jemanden zu wenden, nur so ins Nichts sagte sie:
»Von unserem Dorf singt sie. Nur bei uns sind nicht die Männer böse, sondern die Frauen.« Sie wandte sich Hanna zu. »Gib mir etwas, mein Töchterchen, in das ich dir Milch gießen kann.«
Hanna sah sich um, aber sie fand nichts. Sie hielt die Hände unter die Kelle. Die Frau gab ihr Milch aus dem Eimer direkt in die Hände.
Hanna begann zu trinken. Die Milch tropfte zwischen den Fingern auf die Erde.
Ein anderer Bettler kroch heran und schlug ihr von unten gegen die Hände. Die Milch schwappte heraus.
»Weg von hier! Das ist mein Platz.«
Er setzte sich neben sie und versuchte, Hanna wegzustoßen. Beide merkten nicht, daß ein Polizist kam.
»Hör mir nur auf, das Mädchen zu beleidigen! He! Bist du nicht die, die wir suchen?« Er betrachtete Hanna eingehend. »Bist du aus dem Kinderheim?«
Hanna wich zurück. Sie nickte: Ja. Dann schüttelte sie den Kopf: Nein.
»Also was nun – ja oder nein? Sag schon! Oder bist du stumm? Jawohl, eine Stumme! Und die aus dem Kinder-

heim ist auch stumm, haben sie gesagt. Die Kinderchen hat sie vergiftet, mit Gift, und auch die Erzieherin. Sie wird im ganzen Bezirk gesucht, und dabei sitzt sie hier, gleich nebenan. Steh auf, los, gehen wir! Das Gefängnis wartet schon!« Der Polizist packte Hanna an der Schulter, daß es wehtat.

»Aber sie ist doch nicht stumm! Gerade hat sie hier gesungen!« mischte sich die Frau mit den Eimern ein.

»Sie hat gesungen?« fragte der Polizist zweifelnd.

Hanna riß sich los und lief davon.

»Haltet sie!« schrie der Polizist. »Das ist sie, jawohl, sie ist es!«

Hanna lief über den Marktplatz. Der Polizist hatte sie schon fast eingeholt.

Plötzlich rollte ein Fuhrwerk aus einem Tor. Hanna lief so schnell sie konnte hinter dem Fuhrwerk her, dann sprang sie auf. Das Bäuerlein darauf sah sich um, dann gab er seinem Pferd die Peitsche.

»Los, lauf, mein Liebchen! Hü, schneller!«

»Bleib stehen oder ich schieße!« Der Polizist nahm eine Pistole aus seinem Halfter und schoß in die Luft.

»Erschreck sie nicht, sie scheuen!« Triumphierend stand das Bäuerlein hochaufgerichtet und lenkte.

2

Sie fuhren im Schrittempo die Landstraße entlang. Der Bauer fragte sie:

»Hast du eben auf dem Markt gesungen?«

Hanna nickte.
»Ich habe es gehört. Gut singst du, klagend. Hat er auf dich geschossen, weil du gesungen hast?«
Hanna zuckte mit den Schultern. Das wußte sie nicht.
»Wegen des Liedes hat er geschossen! Ich weiß es!« sagte der Bauer voll Überzeugung. »Rein alles haben sie uns weggenommen, jetzt nehmen sie uns auch das letzte – die Lieder! Ohne Lieder wird das russische Volk aussterben!« empörte sich der Bauer, dann dachte er nach und sagte zu Hanna: »Hab keine Angst. Ich werde dich verstecken. In meinem Garten wirst du singen können!«

3

Im Garten nahm der Bauer die Kleider von einer Vogelscheuche ab und hielt sie Hanna hin.
»Mach dich zurecht. Du wirst jetzt in meinem Garten singen und die Vögel verscheuchen. Sie gehen mir immer an die Kirschen. Geh, schlag die Schellen und sing dazu. Sing Revolutionslieder, sie haben Angst vor den Liedern von jenen. Auch ein Vogel spürt so etwas. Schlaf nur nicht ein. Hier gibt es viele Vögel, im Hunger gewöhnen sie sich ans Menschenvolk. Sie stechen zu!«

4

Hanna ging im Garten zwischen den Kirschbäumen auf und ab. Sie schlug die Schelle und sang voller Ingrimm:

Mutig ziehn wir in den Kampf
für die sowjetische Macht,
und wie ein Mann sterben wir
dafür in der Schlacht!

Die Vögel saßen auf einer hohen Pappel und lauschten. Hanna wurde müde. Sie setzte sich hin, um auszuruhen, und schlief ein.
Sie wachte davon auf, daß etwas sie berührte. Unzählige Vögel spazierten auf der Erde herum.
»Ha! Ha! Ha!« schrie Hanna auf die Vögel ein.
Der ganze Vogelschwarm stieg als schwarze Wolke über Hannas Kopf auf. Trunken von Kirschen, mit roten Schnäbeln.
»Ha! Ha! ha!« schrien sie über Hannas Kopf.
Hanna schaute auf ihre Füße: Die nackten Füße waren bis an die Knöchel rot von den aufgepickten Kirschen. Sie rannte über die von den Kirschen blutrote Erde.
»Ah-ah-ah!« Sie schlug mit dem Stock nach den Vögeln.
Es waren junge Vögel, Krähen. Aber jetzt flatterten auch die alten schwarzen Krähen von der Pappel und kreisten ganz tief über Hannas Kopf. Hanna erschrak und lief vor ihnen davon.
In einem schwarzen Schwarm flogen sie hinter ihr her und kreischten boshaft.
Sie jagten sie lange, fast bis in das Haus hinein, zu dem sie kam.

5

Ohne anzuklopfen lief sie in das fremde Haus hinein. Sie trat in ein Zimmer – kein Mensch war darin. Sie trat in das nächste Zimmer – kein Mensch. Schüsseln standen auf dem Tisch, in den Schüsseln heiße Kohlsuppe. Aufgeschnittenes Brot. Sie streckte die Hand nach dem Brot aus. Zog sie wieder zurück. Schluckte den Speichel hinunter.
Unter dem Fußboden hustete jemand. Hanna schaute: Im Fußboden war eine Luke. Sie zog den Deckel hoch.
Drei Bauern mit Gewehren und drei Frauen mit Kindern schauten sie angstvoll an.
»Zu Hilfe, Leute, zu Hilfe!« schrie die eine Frau plötzlich durchdringend. »Räuber!« Sie fuchtelte mit einem Beil vor Hanna herum.
Hanna ließ vor Schrecken den Deckel fallen und rannte aus dem Haus davon. Sie lief durch die Gärten und hörte hinter sich Schreie:
»Zu Hilfe, Leute, zu Hilfe!« Eine Frau stand auf dem Strohdach der Hütte und winkte mit einem geblümten Tuch.
Und jemand schlug auf ein Stück Eisen wie bei einem Brand.

6

Sie bahnte sich einen Weg durch die Felder. Da sah sie einen Jungen und ein Mädchen, die pflügten. Anstatt eines Pferds war der Junge vor den Pflug gespannt. Das Mädchen ging hinter dem Pflug her, ein ganz kleines Mädchen, vor Müdigkeit konnte sie sich kaum auf den Beinen halten.

»Ich bin müde, Brüderchen, ich habe Durst«, klagte die Kleine.

»Wir machen noch eine Runde, Maschka, dann bekommst du zu trinken.«

»Ich kann nicht mehr, Wanja. Ich hab keine Kraft.«

Hanna ging zu der Kleinen und nahm die Griffe des Pflugs in die Hand. Mit weit ausholenden Schritten ging sie hinter dem Jungen her. Der Junge schaute sich um und lächelte.

»Hiihiihiii!« Er wieherte wie ein Pferd und lief schneller.

Hanna lachte.

7

Sie saßen am abendlichen Feuer. Der Junge buk Kartoffeln, prüfte sie mit einem Stecken, ob sie durchgebacken waren, dann warf er sie wieder ins Feuer.

»Mutter und Vater haben sie vor einer Woche geholt. Und den großen Bruder haben sie geholt. Mascha und ich sind allein zurückgeblieben. Sie haben gesagt, sie bringen uns irgendwohin. Im Auto bringen sie uns weg, haben sie gesagt, in einem richtigen Auto. Und jetzt kommen sie nicht. Vielleicht haben sie uns vergessen. Wer wird uns im Winter zu essen geben? Deshalb pflügen wir … Maschka, schlaf nicht ein!

8

Mascha war in Hannas Arm eingeschlafen. Hanna hüllte sie in ihr Tuch. Sie drückte sie an sich.

Plötzlich wurden sie von Scheinwerfern geblendet. Die Kinder sprangen auf. Ein Auto kam angefahren.

Der Fahrer stieg aus.

»Die Beklemischevs?«

»Das sind wir«, sagte der Junge.

»Los, fahren wir.«

»Die Kartoffeln sind noch nicht gar. Wartet«, sagte der Junge.

»Wir haben keine Zeit zu warten. Ihr bekommt dort zu essen.«

Hanna stand da mit Mascha im Arm. Der Junge sagte: »Komm mit uns. Dann fährst du ein wenig spazieren.«

Sie setzten sich ins Auto und fuhren los. Sie schauten auf die Straße.

»Toll, was?« Der Junge sah Hanna an.

Sie nickte glücklich.

»Ein Hase! Ein Hase!« schrie der Junge. »Schnell fahren wir.«

»In einer Stunde sind wir dort.«

»Und wo bringt ihr uns hin?«

»Ach was, das wißt ihr nicht? Ins Kinderheim. Im Nachbardorf, wo die Taubstummen sind.«

Hanna trommelte mit der Faust gegen die Scheibe.

»Was ist los?« fragte der Fahrer. »Willst du raus?«

Sie hielten an. Hanna lief in den Wald. Der Fahrer und der Junge standen neben dem Wagen und unterhielten sich.

»Also, ich gehe jetzt.«
»Geh mit Gott.« Die Frau segnete ihn. »Das Mädchen und ich, wir gehen jetzt schlafen.«
»Steck das Mädchen in den Stall«, sagte der Hausherr streng. »Verwöhnen darf man sie nicht.«

11

In der Nacht, als Hanna schlief, ging plötzlich die Tür auf. Hanna erwachte. Leise schlich sich der Hausherr in den Stall. Er ging ohne etwas zu sehen, tastete sich voran. Hanna richtete sich auf und kroch davon. Der Hausherr schaute sich um, folgte dem Rascheln. Hanna stand auf, wich zurück, drückte sich in eine Ecke. Sonst konnte sie sich nirgends verstecken. Der Hausherr kam auf sie zu.
»Wo bist du, Hanna«, flüsterte er.
Hanna erbebte, als sie ihren Namen hörte.
»Ich habe dich sofort erkannt. Du bist die aus dem Kinderheim. Heute habe ich Erkundigungen eingeholt. Du hast da was angestellt!«
Hanna zuckte bei seinen Worten zusammen, als wären es Schläge.
»Ich muß dich abliefern.«
Vor Schrecken schlug Hanna die Hände vors Gesicht.
»Aber ich werde es nicht tun.«
Hanna schaute ihn erstaunt an.
»Ich bin kein Tier!« schrie er. »Ich bin kein Tier! Ich will kein Tier sein! Ihr denkt, wir sind Tiere? Aber wir sind

Menschen, wir sind genauso wie ihr! Menschen sind wir! Menschen!« Plötzlich brach er in Tränen aus. »Wir sind auch Menschen!«
Er weinte. Hanna streichelte ihn beruhigend.
Dann ging sie leise zur Tür. Sie öffnete die Tür. Auf der Schwelle blieb sie stehen. Er schaute auf.
»Wohin willst du? Du wirst bei uns leben. Nicht im Stall. Im Haus. Wir haben keine Kinder. Du wirst uns wie eine Tochter sein. Meine Frau wird deine Mutter sein und ich dein Vater.«
Hanna schüttelte den Kopf: Nein.
»Du weichst zurück? Auch du ekelst dich …« Er ließ den Kopf sinken.
Hanna ging hinaus und über den leeren Hof.
»Bleib stehen!« rief der Mann. »Komm zurück!«
Sie ergriff die Flucht.

12

Gegen Morgen legte Hanna sich am Wegrand in den warmen Staub und schlief ein.
Ein Kamel kam die Straße hinab. Schwebend schritt es, vor einen Wagen gespannt. Auf dem Bock saßen die Kanarejkos, Mann und Frau, mit gelben Haaren und pockennarbigen Gesichtern, am Morgen – noch war die Sonne nicht aufgegangen – bereits ordentlich betrunken. Sie saßen engumschlungen und sangen.
Die Frau Kanarejko erblickte Hanna und rief dem Kamel zu:

»Brrr! Bleib stehen, Suleimen!!!«
Das Kamel blieb nicht stehen, es verstand kein Russisch.
»B-rr-r! Was hab ich gesagt? Was ist los mit dir? Du Muselman!« Sie zerrte aus Leibeskräften an den Zügeln. »Bleib stehen! Du Teufel!«
Das Kamel schaute sie aus seinen samtenen muselmanischen Augen an und blieb stehen.
Sie gingen zu Hanna. Hanna schlief fest. Sie schüttelten sie. Hanna wachte nicht auf.
»Ist sie tot?« fragte die Kanarejka ihren Mann.
»To-hot«, lallte er.
»Faß du die Beine, ich nehme die Arme. Werfen wir sie in den Wagen!«
Sie legten die schlafende Hanna in den Wagen. Und fuhren weiter.

13

Hanna schlief und wachte nicht auf, sie träumte, daß sie auf etwas Weichem lag. Sie fuhr irgendwohin. Gut war es. Nur so ein süßlicher Geruch war da, der nahm ihr die Luft, schnürte ihr die Kehle zu.
Sie wachte auf und wandte den Kopf. Ein toter Bauer saß da und schaute sie reglos an.
Sie drehte sich auf die andere Seite: Da lag eine Frau mit blauem Gesicht, sie hatte ein Kopftuch um, das Kopftuch war ganz rein, weiß.
Auf dem weißen Kopftuch saß eine grüne Fliege, die sich die Hände rieb.

Hanna sah sich um: Sogar unter ihr lagen Leichen, Männer, Weiber, Kinder, alle durcheinander. Der Geruch war süßlich, übelkeiterregend.
Große Fliegen flogen wie rasend im Zickzack herum, summten, ließen sich auf den Leichen nieder, krabbelten rastlos auf ihnen herum, flogen dann wieder mit einem surrenden Geräusch auf: surr-surr-surr, als ob sie die Seele zersägen wollten.
»Brrr-rr! Du Verfluchter!« vernahm Hanna.
Das Fuhrwerk hielt auf einem Friedhof an, neben einer großen Grube.
Die Kanarejkos sprangen vom Bock, traten an die Leichen heran, zogen den toten Bauern an den Beinen herunter. Sie schwenkten ihn und warfen ihn in die Grube.
Halbtot lag Hanna auf dem Wagen. Sie packten sie an Armen und Beinen. Schwenkten sie über der Grube.
»Eins ...«, begann die Kanarejka zu zählen, »... und zwei!«
Hanna warf sich hin und her, versuchte sich loszureißen. Vor Schrecken ließen sie sie auf den Boden fallen.
»Ha! Sie lebt!« Beide beugten sie sich über Hanna. »Hast du dir nicht wehgetan?«
Hanna schaute hoch. Sie schwieg.
»Hu! Aber dich kenn ich doch!« sagte die Kanarejka. »Du bist die Stumme aus dem Kinderheim. Sie suchen dich. Die Polizei sucht dich.«
Hanna schwieg und schaute.
Sie wandten sich ab.
Schnell, schweigend warfen sie die Leichen in die Grube. Sie streuten braune Erde darüber.

Sie setzten sich auf den Kutschbock.
Die Kanarejka drehte sich nach Hanna um.
»Komm, Mädchen, setz dich, fahr mit uns! Wir verstecken dich, daß selbst der Teufel nicht weiß, wo du bist! Im Melonenfeld verstecken wir dich, jenseits der Achtuba!«

14

Sie fuhren weiter. Die Kanarejka holte eine Flasche mit Selbstgebranntem unter dem Kutschbock hervor. Sie schenkte ihrem Mann einen Becher voll, er trank ihn aus, sie schenkte sich selbst einen vollen Becher ein und leerte ihn, dann gab sie Hanna etwas.
»Da, nimm.« Sie hielt ihr den Becher hin.
Hanna schüttelte den Kopf. Nein.
»Trink! Damit du dich nicht ansteckst!«
Hanna trank einen Schluck, mußte husten.
Die Kanarejka lachte, sie trank für Hanna aus, beschwipst begann sie zu schwatzen:
»Keine Seuche kann uns was anhaben! Im vorletzten Jahr haben wir die Toten gefahren, damals war es Typhus, und es hat uns nichts angehabt. Im letzten Jahr sind sie vor Hunger gestorben, da haben wir sie auch gefahren. In diesem Jahr fahren wir durch den ganzen Zarjovsker Bezirk …«
»Distrikt«, verbesserte Kanarejko sie.
»Ja, so nennen sie das heute«, gab sie zu. »Von Zarjov bis zum Baskuntschak-See fahren wir und sammeln die Toten ein. Überall von Zarizyn bis Astrachan geht die Chole-

ra um. Die Cholera soll sie holen! Aber uns kann sie nichts anhaben. Denn wir kennen ein Rezept gegen alle Krankheiten.«
Sie zog die Flasche mit dem Selbstgebrannten hervor und schüttelte sie.
»Das ist unser Rezept!«
Sie gluckerte ihrem Mann etwas ein.
»Trink!«
Sie schenkte sich selbst ein und sagte:
»Wie die Vögel leben wir! Vom Geist allein! Deshalb erwischt uns keine Krankheit!«
Sie tranken und sangen wie Vögel, sie pfiffen und zwitscherten wie zwei Vögelchen, ganz kleine, die auf dem Kutschbock sitzen und ein Kamel lenken. Hanna lachte.
Am Rand eines Dorfes waren Bauern mit Flinten, wie ein dunkler Wald standen sie da.
»Stehnbleiben!« Sie gaben einen Schuß ab. »Stehnbleiben, Teufelsbrut!«
Die Männer umringten sie.
»Kanarejkos, uns bringt ihr die Toten nicht ins Dorf!« schrieen sie. »Ihr schleppt nicht die Seuche durch die ganze Gegend!«
»Das habt ihr nicht zu befehlen!« schrie die Kanarejka sie an. »Das haben die Behörden zu sagen! Das ist der Befehl: In einer Grube sollen wir sie begraben! Wir haben eine Epidemie! Das müßt ihr verstehen!«
»Die Behörden haben dir eines befohlen, wir befehlen etwas anderes. Wenn du sie morgen herbringst, schlagen wir euch tot! Den Hals drehen wir euch um – wie einem Kanarienvogel!« grölten sie.

»Und wohin damit? Wohin mit den Toten?« fragte die Kanarejka sie. »Wohin damit?«
Sie gaben dem Kamel eins mit der Peitsche. Das Fuhrwerk ratterte los.
Den ganzen Weg über jammerte die Kanarejka:
»Und wohin damit?«

15

Sie kamen zum Melonenfeld. Ringsum Melonen. Überall lagen riesige Wassermelonen, groß wie Ferkel. Hanna stolperte im Gehen über eine, die Melone knackte, platzte und zerfiel in zwei Hälften. Hanna ließ die Zähne in das süße, hellrote Weiche sinken, mit dem ganzen Gesicht vertiefte sie sich in die hellrote Süße, verlor sich darin.
»Nein, wirf die weg! Die Melone ist überreif!« Die Kanarejka packte sie an der Hand und zog sie weiter. »Wir schneiden dir eine andere. Da, diese! Schau dir die an, was für ein Prachtstück! Und diese Zuckermelone! Schau mal, was für eine Zuckermelone, was für eine Herrlichkeit! Ein Kerlchen ist das, keine Melone!«
Sie zeigte sie ihrem Mann.
»Schneid uns diese Wassermelone und diese Zuckermelone hier!«
Ihr Mann fuhr mit einem krummen Messer in die Melone und führte es rings herum, als schnitte er ihr die Kehle durch. Hellrot kam es unter dem Messer hervor und tropfte. Dann trennte er den Kürbis auf und entfernte die Kerne daraus. Er schnitt sie in kleine Stücke.

Die Kanarejka sah ihrem Mann beim Schneiden zu.
»Aus dir wird mal ein guter Bandit!« lobte sie ihn. »Magst du astrachanische Brotspeise?« fragte sie Hanna. »Brot mit Melone vermischt.«
»Da!« sagte sie. »Iß!«
Sie schenkte die Becher voll.
»Trinken wir, Väterchen!« sagte sie zu ihrem Mann. »Schau doch, was wir uns für ein Töchterchen geangelt haben!« Sie umarmte Hanna. »Gefällt es dir denn bei uns, Mädelchen?«
Hanna nickte.
»Gefällt es dir wirklich? Das ist unser Haus!« Sie beschrieb einen Kreis bis zum Horizont. Mit dem Finger zeigte sie auf den Himmel. »Und das ist das Dach über unserem Kopf.« Sie lachte. »Wenn das Wetter schlechter wird, regnet es rein. Wir haben nicht immer so gelebt.« Sie blickte zu Boden und flüsterte: »Wir hatten ein richtiges Haus und einen Hof, und Kinderchen haben wir gehabt, fünf Stück.«
»Schweig doch, Frau«, sagte ihr Mann.
»Sie ist doch stumm.« Die Kanarejka winkte ab. »Was man ihr erzählt, bleibt in ihr drin … Tja, dann haben sie angefangen, uns in die Kolchose zu jagen und die auszuräuchern, die reicher waren. Eines Nachts haben wir uns aufgemacht, haben auf den Wagen geworfen, was im Haus war, den Kindern die Bündel geschnürt, das Pferdchen angeschirrt, das Haus haben wir angezündet und dann, auf und davon, um unser Glück zu suchen. In die Freiheit, wo es keine Kolchosen gibt. Wir sind von Woronesch, verwegen sind wir. Bis nach Taschkent sind wir

gekommen. Dort gäbe es keine Kolchosen, hatte es geheißen. Über den Wüstensand sind wir gegangen. Das Pferd haben wir verkauft, Hab und Gut haben wir verkauft und hier unseren Suleimen gekauft, das Kamel, damit wir durch die Wüste ziehen konnten. Dort kommt man mit dem Fuhrwerk nicht durch, es versinkt im Sand wie im Schnee. Wir gingen und gingen, ganz lange gingen wir und kamen nach Taschkent – und dort war eine Kolchose! Da sind wir umgekehrt. Unterwegs haben wir unsere Kinder verloren, am Typhus sind sie gestorben, alle fünf.« Sie brach in Tränen aus. »Eines nach dem anderen, wie Kerzchen sind sie ausgebrannt … Trinken wir noch einen!« schrie sie plötzlich mit schrecklicher Stimme, sie stand auf, schwankte, stieß die Flasche um und warf sich darauf, um sie aufzuheben. Sie schenkte ein und hielt den Becher ihrem Mann hin.

»Trink!«

»Ich will nicht.«

»Trink.«

»Nein.«

»Trink!« Sie schlang die Arme um ihn, wollte ihn küssen. Da kam das Kamel herbei, schob seinen zotteligen Kopf zwischen die beiden und drängte die Kanarejka von ihrem Mann fort.

»Sieh dir das an!« lachte die Kanarejka. »Es ist eifersüchtig! Auf alle Männer ist es eifersüchtig«, teilte sie Hanna fröhlich mit, dann drehte sie sich zu ihrem Mann und sagte: »Wenn du mich kränkst, verlasse ich dich und gehe zu unserem Kamel. Wirst du mich zur Frau nehmen, Suleimen? Liebst du mich, Suleimen?« Sie drückte sich an Su-

leimen. »Da, jetzt werde ich dich küssen!« Sie lachte und küßte das Kamel auf sein pelziges Maul.
Ihr Mann spuckte aus und ging davon.
»Wohin gehst du?« rief sie ihrem Mann hinterher.
»Mir ist irgendwie nicht gut«, sagte er und ging in die Hütte schlafen.
Hanna und sie entfachten ein Feuer. Die Kanarejka legte sich Hannas Kopf auf die Knie, fuhr ihr durchs Haar, suchte auf ihrem Kopf herum.
»Du wirst bei uns leben, Mädelchen«, sagte sie. »Im Sommer sind wir hier, im Winter gehen wir ans Kaspische Meer, in warme Gegenden. Wir sind wie die Zugvögel. Russische Vögel …«
Hanna schaute zum Himmel hinauf. Die Sterne leuchteten. Am Sternenhimmel lag der Mond wie in einem Melonenfeld und roch nach Honigmelone.

16

Am Morgen ging die Kanarejka ihren Mann wecken.
»Komm heraus! Die Sonne ist schon aufgegangen!«
Er schwieg. Da kroch sie selbst in die Hütte.
Tot lag er da, reglos. Sie heulte laut auf.
Sie kleidete ihn in ein weißes Hemd.
Sie legte ihn auf das grüne Gras.
Er lag auf dem Gras, als schliefe er.
»Wanja!« rief sie ihn, »wach auf!«
Eine blaue Feldblume pflückte sie und legte sie ihm in die Hände, anstatt einer Kerze.

Sie weckte Hanna.
»Unser Väterchen ist tot. Komm, wir müssen ihn begraben.«
Zu zweit luden sie ihn auf das Fuhrwerk und brachten ihn fort.
»Gestern hab ich ihm gesagt: Wanja, trink noch! Trink, damit uns die Seuche nichts anhaben kann!« sagte die Kanarejka. »Er hat nicht auf mich gehört.« Sie brach in Tränen aus.
Vor dem Dorf auf dem Hügel stand eine geschlossene Reihe von Bauern mit ihren Flinten, zu Pferd waren sie.
Von weitem schrieen sie:
»He, Kanarejkos! Dreht um! Sonst werden wir schießen! Gestern haben wir euch gesagt, bringt uns nicht die Seuche ins Dorf!«
»Ich bringe keine Seuche! Meinen Mann bringe ich!« sagte die Kanarejka.
»Was ist los mit ihm?«
»Er ist tot!«
»Gestern war er noch lebendig.« Sie glaubten ihr nicht.
»An was ist er denn gestorben? An der Cholera?«
»Ich weiß nicht«, sagte sie und lenkte den Wagen unmerklich weiter bergauf. »Vielleicht an der Cholera.«
»Bleib stehn! Wohin fährst du? Laßt sie nicht durch, Jungs!« brüllte ein Bauer mit einem schwarzen Bart. »Sie bringt uns allen den Tod! Jagt sie fort, die Verfl…e mit ihrer Cholera!«
Er gab einen Schuß ab. Die Kugel traf die Kanarejka in der Schulter.
»Ach, Mörder sind das!« schrie sie und ließ die Zügel los.

Der Mann mit dem Bart sprengte los. Seine Augen und die seines Pferdes waren vor Wut blutunterlaufen
»Scher dich zurück!« krächzte er.
Hanna faßte die Zügel und drehte das Fuhrwerk um.
Der Mann zog dem Kamel eins mit der Peitsche über.
»Weg mir dir! Weg mir dir, Satan!«
Sie fuhren, was das Zeug hielt.
Die Bauern auf den Pferden hinter ihnen her. Den ganzen Weg bis zur Brücke jagten sie sie.
Hanna fuhr über die Brücke.
An der Brücke blieben die Bauern stehen. Am Ufer fanden sie ein Faß mit Pech, das schütteten sie auf der Brücke aus. Dann steckten sie die Brücke in Brand.
Sie schauten zu, wie sie abbrannte.
»Hierher kommst du nicht mehr zurück, Kanarejka!« schrieen sie ihr über den Fluß hinweg zu. »Jetzt ist Schluß mit dir, zum Teufel!«

17

Ihr Kleid war blutgetränkt.
Hanna nahm das Kopftuch ab und verband die Wunde mit dem Tuch. Sie schleppte die Kanarejka in die Hütte.
Dort lag sie und schwieg. Ihr Gesicht war blutleer. Dann öffnete sie die Augen, Hanna sah, wie sie mit blutleeren Lippen flüsterte:
»Ich glaube, er hat mir die Schlagader durchschossen«, sagte sie. »Es geht zu Ende mit mir. Verzeih uns, Mädel-

chen. Wir haben dich zu uns genommen und dann im Stich gelassen …«

Das Tuch quoll auf von all dem Blut.

Hanna machte sich daran, sie neu zu verbinden. Die Hände zitterten ihr.

Die Kanarejka richtete sich ein wenig auf.

»Dort hinter dem Abhang ist eine Furt. Geh von hier fort, wenn ich tot bin. Sie haben dich gesehen. Nimm Suleimen mit. Er gehört jetzt dir.« Sie ließ sich zurücksinken und sagte voller Wehmut: »Ach, ich wollte Wanja begraben wie einen Menschen …«

Hanna nahm den Spaten.

Die Kanarejka schaute Hanna direkt in die Augen.

»Grab ein breiteres Grab«, sagte sie. »Für zwei. Wir werden drüben nach der Freiheit suchen …«

18

Das Kamel saß am Grab und begriff nicht, was geschehen war.

Es wurde schon Nacht. Hanna zog an seinem Zügel. »Komm, wir gehen los.« Es wandte den Kopf von ihr ab und stand nicht auf.

Sie ließ die Zügel fallen und ging zu der Furt.

Sie schaute sich um.

Suleimen saß reglos da, mit hochgerecktem Schwanenhals.

Hanna zog sich aus, hielt die Kleider hoch über dem Kopf und stieg ins Wasser.

19

Die Achtuba umfing sie mit starken Armen, als hätte sie auf sie gewartet, und zog sie mit sich. Hanna bog sich wie eine Weidenrute und riß sich aus ihren Armen.
Da begann die Achtuba den Sand unter Hannas Füßen wegzuziehen. Hanna geriet ins Schwanken, sie packte nach einem Baumknorren, der aus dem Wasser ragte, und richtete sich auf.
Behutsam ging sie weiter.
Die Achtuba wurde auch behutsamer, sie plätscherte um ihre Hüften wie um ein Boot und murmelte zärtlich.
Die Sterne spiegelten sich in dem dunklen Wasser.
Langsam ging Hanna durch den Fluß wie über einen Sternenhimmel, vor sich teilte sie die Sterne mit der Hand auseinander, schob sie fort, um ihnen nicht wehzutun.
Sie ging bis zur Mitte des Flusses und stürzte dort plötzlich kopfüber in eine Grube, als hätte die Achtuba sie in eine Falle gelockt. Hanna ließ ihre Kleider los, schlug mit den Armen und versuchte zu schwimmen. Die Achtuba ließ sie nicht schwimmen, sie umwand sie wie ein Tier, wirbelte sie in einem Strudel herum.
Hanna tauchte auf, wollte sich an einem irgendwo mit der Wurzel ausgerissenen Baum festklammern, der schnell über ihr hertrieb, aber sie schaffte es nicht, der Baum schlug gegen sie, warf sie um, betäubte sie.
Das letzte, was Hanna hörte, war das Läuten von Glöckchen. Als läuteten die Sterne mit Schellen am Himmel. Hanna schaute zum Himmel hinauf – und sank auf den Grund.

Jemand hatte sie an den Füßen gepackt und zog sie mit starken, leidenschaftlichen Händen hinab.

20

Am Flußufer schliefen Fischer neben einem erloschenen Feuer.
Plötzlich hörten sie eine Glocke am Fluß und sprangen auf.
Das waren die Fischerglöckchen, die an den Angelschnüren läuteten. Sie ertönten einmal und verstummten.
»Was war das?« fragte ein zerzauster Bursche.
»Ein Stör ist vorbeigeschwommen, ist mit dem Schwanz daran geraten«, antwortete Petr Rybakov, ein sehniges Männlein in einer zerschlissenen Joppe. Er drehte sich um und rief den anderen zu: »Ivan und Jakov! An die Angeln! Wir ziehen die Netze ein! Ein Stör ist reingegangen!«
Sie holten die Netze ein.
»Ein ganz schön schwerer Kerl!« sagte Petr im Dunkeln. »Das könnte ein Mensch sein!«
In dem Netz lag Hanna wie ein großer Fisch, ganz mit silbrigen Schuppen bedeckt, und schaute die Fischer an.
»Eine Nixe!« staunte der Zottelige. »Jungs, wir haben eine Nixe gefangen!«

21

Vorsichtig traten sie näher. Sie begutachteten Hanna.

»Atmet sie? Vielleicht ist sie ertrunken?«

Hanna bewegte sich, bedeckte ihren Körper mit den Händen.

»Schau an! Eine schamhafte Nixe! Sie will sich bedecken!«

»Sie hat doch nichts zu verstecken. Sie ist noch ein kleines Mädchen …«

»Aber ein feines Nixchen ist sie! Eine Schönheit wird sie, wenn sie heranwächst!«

Der Zottelige kam näher.

»Geht beiseite«, sagte er, bedeckte Hanna mit einer Fischerjacke und nahm sie auf den Arm.

»Frierst du?« fragte er.

Hanna schwieg, drückte sich nur noch fester an ihn.

»Gib acht, Andrej, sie wird dich noch zu Tode kitzeln«, sagte Petr zu dem Zotteligen. »Wenn du einschläfst, zieht sie dich hinab in ihr Reich, unter einen Baumstumpf im Wasser, ihr Nixenheim …«

Der Zottelige setzte Hanna ans Feuer. Sie streckte die Beine aus.

»Das ist eine Nixe ohne Fischschwanz«, sagte der pockennarbige Mann mit einem Blick auf sie. »Das ist keine Nixe!«

»Weder eine Wasserleiche noch eine Nixe. Was meinst du, wer sie ist?« fragte der Zottelige.

»Ich weiß nicht«, antwortete der Pockennarbige. »Man muß sie fragen. Mädchen, wie heißt du?«

Hanna schwieg und sah den Pockennarbigen an.
Petr machte sich am Feuer mit dem Teekessel zu schaffen. Er drehte sich um und sagte schnell:
»Sie versteht unsere Sprache anscheinend nicht.« Dann schlug er sich an die Stirn. »Aber natürlich – das ist Tuba! Wieso bin ich nicht gleich darauf gekommen!«
»Was für eine Tuba?« fragte der Zottelige.
»Die Tochter eines Khan. Die Tochter von Khan Mamaj, Tuba heißt sie. Hast du denn noch nicht von ihr gehört?« Petr war ganz aufgeregt.
»Nein, das habe ich nicht.«
»Na so etwas! Der Khan Mamaj hatte eine Tochter. Schön war sie und klug. Tuba hieß sie. Das war zur Zeit der Tataren in Rußland. Damals gingen die russischen Fürsten zu den Tataren, um ihren Kniefall zu machen, hierher, zu uns, in die Astrachaner Region. Der Überlieferung nach war das damals ein Königreich, die Goldene Horde hieß es. Wo heute Zarjov ist, war damals ihre Hauptstadt, sie hieß Saraj. Dort nach Saraj zogen die Fürsten, um ihre Abgaben zu entrichten und ihre Lehen zu erbitten. Stell dir vor, daß hier damals die Hauptstadt der Rus war, alles wurde hier, bei uns, entschieden. So kam auch der russische Fürst Dmitrij zu Mamaj, um Land und Herrschaft darüber zu erbitten. Er erblickte Tuba und verliebte sich bis über beide Ohren in sie. Und Tuba verliebte sich in ihn. Sie war damals dreizehn Jahre alt. Für uns ist das heute noch ein Kind, aber bei ihnen wurde ein Mädchen in diesem Alter verheiratet. Also hielt er um ihre Hand an. ›Gebt mir Eure Tochter Tuba zur Frau, Khan Mamaj!‹ Doch der wurde zornig. Wie ging das an? Ein russischer

Knecht hält um die Hand einer Königstochter an! Weg mit dir, sagte er, verschwinde! Weder Land noch Herrschaft, noch meine Tochter gebe ich dir, du Knecht! Dmitrij entbrannte vor Zorn. ›Nun‹, sagte er, ›willst du mir nichts im Guten geben, wirst du es mir im Bösen geben.‹ Er eilte in die Rus, um ein Heer zu sammeln und gegen Mamaj in den Krieg zu ziehen. Und zu Tuba sagte er, sie solle auf ihn warten. Er reiste ab. Das Gerücht lief um, daß er ein Heer um sich scharte. Der Khan Mamaj erschrak. Um Unglück zu vermeiden, wollte er Tuba loswerden und schnell einem Khan auf der Krim zur Frau geben. Dem war sie bereits im Mutterleib versprochen worden. So ist es bei ihnen Brauch, bei den Tataren. Der Khan von der Krim kam nun mit dem Brautgeld nach Saraj, um die Braut auszulösen. Alt und kahlköpfig war er. ›Hier ist dein Bräutigam‹, sagte Mamaj zu Tuba, ›in drei Tagen ist die Hochzeit.‹ Tuba schaute ihn an, und ohne ein Wort an ihren Vater ging sie fort. Sie saß in ihrem Gemach und weinte. Dann schrieb sie eine Nachricht an Dmitrij: Komm, so schnell du kannst, ich bitte dich. Sie schickte einen treuen Boten, diese Nachricht in die Rus zu bringen. Sie wurde fröhlich, tat schön mit ihrem Bräutigam, lächelte, ließ sich nichts anmerken. Nur auf Dmitrij wartete sie. Sie wartete einen Tag, sie wartete den zweiten Tag. Dann bricht der dritte Tag an, der Tag der Hochzeit. Am frühen Morgen wird eine Herde Schafe auf den Hof getrieben, die Schafe werden geschlachtet, große Kochkessel brodeln, der Hochzeitsschmaus wird gerichtet. Tuba wird in ihr Brautkleid gekleidet und unter den Kranz geführt. Aber sie wartet auf Dmitrij, sie wartet und wartet bis zum letzten Moment. Dann führt ein tatarischer Priester das Brautpaar hinter einen Vorhang – das ist bei ihnen so Brauch –, und durch den Vorhang fragt er den Bräutigam: ›Hast du, Khan der Krim, Tuba zur Frau genommen?‹ ›Das habe ich‹, antwortet dieser. Dann fragt er Tuba: ›Hast du, Tuba, den Khan der Krim zum Mann genommen?‹ Und sie muß darauf sagen, bitte sehr, ja, das habe ich. Sowie sie es sagt, ist die Tat vollzogen, die Ehe ist geschlossen, es gibt keinen Weg zurück. Bei den Tataren ist das so. Aber Tuba schweigt. Wieder fragt sie der Geistliche: ›Hast du ihn zum Mann genommen, Tuba?‹ Tuba schweigt. Gerade hat er zum dritten Mal zu der Frage angesetzt, da springt sie hinter dem Vorhang hervor, stürzt aus dem Haus, rennt in die Steppe hinaus und läuft zum Fluß, und da, von jener Brücke neben uns, die zum Melonenfeld führt, hat sie sich hinabgestürzt und ertränkt! Mamaj kam zu der Brücke, brach in Tränen aus und schrie: ›Tuba, ach, Tuba!‹ hat er geschrieen. ›Tuba, ach, Tuba!‹ Seit dieser Zeit heißt der Fluß Achtuba.«

»Und Dmitrij?« fragte der Zottelige unruhig. »Ist er denn nicht gekommen?«

»Wie wäre das möglich? Doch, er ist gekommen. Er kam nur ein wenig zu spät. Er kam nicht allein, sondern mit einem Heer. Deshalb kam er zu spät! Mamaj erfuhr, daß Dmitrij mit einem Heer zu ihm zieht, da hat er ihm eine ›Tma‹, eine Dunkelheit, entgegengesandt, so heißt das Heer bei den Tataren. So trafen Helligkeit und Dunkelheit auf dem Schnepfenfeld aufeinander. Die Krummsäbel blitzten, die vergoldeten Helme rollten den tapferen Pferden unter die Hufe. Die Köpfe etlicher Helden auf den tapferen Pferden fallen auf die nackte Erde. Drei Tage und drei Nächte kämpften sie. Russisches Blut und tatarisches Blut vermischten sich, sie strömten durch die Schluchten wie durch Flußbetten und mündeten in die Wolga. Die Wolga färbte sich ganz rot. Wir, die Russen, haben gesiegt. Für die Russen ging das Tatarenjoch damit zu Ende. Nach der Schlacht ritt der Fürst Dmitrij zum Schnepfenfeld, am Rand des Feldes hielt er an. Der Khan Mamaj ritt nach der Schlacht zum Schnepfenfeld und blieb am anderen Rand des Feldes stehen. So standen sie am Schnepfenfeld, sie standen und schauten. Das Feld war mit Leichen übersät, Christen und Tataren. Die Christen glommen wie kleine Kerzen, die Tataren lagen schwarz wie Kohlestückchen da. Sie sahen, wie die Muttergottes persönlich über das Feld ging, gefolgt von den Aposteln des Herrn, und die Engel und Erzengel, die Heiligen gehen mit ihren leuchtenden Kerzen umher und singen die Seelenmesse der Rechtgläubigen. Die Heilige Gottesmutter selbst weiht sie mit Weihrauch, und aus dem Himmel senken sich Heiligenscheine auf sie nieder. Da erschrak Mamaj: ›Groß ist der Gott des russischen Landes‹, sagte er und floh in die Goldene Horde. Als er dort ankam, sagte er zu den Tatarenfrauen: ›Alle eure Männer haben die Russen erschlagen, jetzt kommen sie hinter euch her, bald sind sie hier. Rette sich, wer kann!‹ Er riet ihnen, sich zu verstecken, dann floh er mit dem Krimkhan auf die Krim. Und die Frauen? Die Frauen wußten nicht wohin. Sie setzten sich mit ihrer ganzen Frauenhorde in die Steppe und weinten, sie beweinten ihre tatarischen Männer. Neun Tage und neun Nächte weinten sie. Zwei volle Seen weinten sie mit ihren Tränen, den Baskuntschak- und den Eltonsee, und bis heute wird dort Salz gewonnen. Dann kamen die Russen und machten sich über die Frauen der Tataren her und verschleppten sie zu sich nach Hause, in die Rus.«

»Und Dmitrij? Was war mit ihm?« fragte der Zottelige wieder ungeduldig.

Dmitrij war noch vor seinem Heer nach Saraj gekommen. Er kam an, sprengte zum Palast des Khan so schnell er konnte, ging in den Palast – doch niemand war dort. Nur einen Diener fand er vor. »Wo ist Tuba?« fragte er den Diener. »Tuba ist nicht da«, sagte der Diener. »Und wo ist Mamaj?« »Er ist mit dem Schwiegersohn geflüchtet«, antwortete der Diener. »Mit welchem Schwiegersohn?« »Mit dem Krimkhan, Tubas Bräutigam.« Dmitrij erbebte. Ihr Bräutigam? »Heißt das«, fragte er, »daß meine geliebte Tuba nicht auf mich gewartet hat?« Der Diener schwieg, er fürchtete sich, die Wahrheit zu sagen. Dmitrij blieb eine Zeitlang still dort stehen, dann drehte er sich um und ging davon. Er ging aus der Stadt hinaus und zum Fluß. Am Ufer warf er sich zu Boden, drückte das Gesicht ins Gras und weinte.

»Ach, Tuba!« weinte er.

»Ach, du Untreue!« weinte er.

Plötzlich fühlte er, daß ihm jemand mit der Hand über die Locken strich, ganz leicht, wie der Wind.

Er hob den Kopf – es war Tuba!

In einem Kranz aus weißen Lilien stand sie vor ihm, wie eine Braut.

»Ich bin dir nicht untreu gewesen«, sagte sie. »Ich bin vor

dem Bräutigam, vor dem Krimkhan geflohen. Und auf dich, meinen Bräutigam, habe ich drei Tage und drei Nächte und dann noch neun Tage und neun Nächte und dann noch drei Tage und drei Nächte gewartet und gewartet. Und jetzt bist du gekommen.«

Dmitrij umarmte sie und küßte sie, er sah seine Liebste an und konnte sich nicht sattsehen.

»Heute noch halten wir Hochzeit«, sagte er.

»Liebst du mich denn, Dmitrij?« fragte Tuba.

»Ja, ich liebe dich«, antwortete Dmitrij.

»Liebst du mich sehr?« fragte Tuba.

»Ja, sehr«, antwortete er.

»Und kommst du mit mir?«

»Ja, ich komme mit dir, und wenn es bis ans Ende der Welt wäre!«

»Dann laß uns gehen …«

Sie nahm ihn bei der Hand und zog ihn mit in den Fluß.

Wie im Traum folgte Dmitrij ihr, immer weiter und weiter. Schon war das Wasser ganz tief! Und vor ihm, nur einen Schritt entfernt, ein Abgrund, das schwarze Wasser brodelte darüber wie Fischsuppe im Kessel, rund und rund wirbelte es und zog Stöckchen und Hölzchen in den Strudel.

Tuba zog Dmitrij in den Abgrund. Er folgte ihr. Er fragte nur:

»Wohin gehen wir?«

»In mein neues Heim«, antwortete Tuba. »Dort ist schon alles zur Hochzeit gerüstet.«

Und damit stieß sie Dmitrij in die Tiefe. Sie selbst sprang hinterher.

Und sie wurden gewirbelt und geschleudert und in den schwarzen Strudel gesogen.

22

Dmitrij erwachte und schaute sich um. Er sah, wie er selbst als Bräutigam auf der eigenen Hochzeit saß. An einem Eichentisch saß er, auf einem goldenen Stuhl, in einem Palast aus Kristall. Neben ihm saß Tuba, seine Braut. Diener in roten Schärpen trugen auf und stellten die Gerichte auf den Tisch. Ringsum waren Burschen und Mädchen mit Kränzen, sie sangen und tanzten zu Ehren der Brautleute.

Was die Seele auch begehrte, es war sofort da.

Aber Dmitrij war es irgendwie unwohl, als läge ihm ein schwerer Stein auf dem Herzen, der ihn nicht atmen ließ und ihn erstickte.

Ein greiser Alter – der weiße Schnurrbart reichte ihm bis auf die Schultern – hob sein Glas.

»Auf das Wohl der Brautleute!« sagte er. »Auf Zar Dmitrij und Zarin Tuba!«

Dmitrij ist verwundert – wieso ist er ein Zar?

Der Alte nippte an dem Wein.

»Bitter!« sagte er. »Man muß ihn süßen!«

»Bitter«, riefen alle aus.

Dmitrij stand auf. Und Tuba stand auch auf.

Dmitrij schaute seine Herzallerliebste an und vergaß seine Wehmut und Beklommenheit: Tuba schaute ihn an mit ihren Augen, die wie helle Sterne waren, und sie lächelte mit

ihren perlenweißen Zähnen, und sie bot ihm ihren roten Mund zum Kuß.
Da wurde es Dmitrij fröhlich und wohl zumute!
Dmitrij wollte schon Tuba küssen und sie fester umschlingen, er nahm sie in den Arm und neigte sich ihr zu. Doch plötzlich spürte er unter seinen Händen etwas Glitschig-Glattes, als umarmte er nicht Tuba, sondern einen schlüpfrigen Aal, wie schleimige Fischhaut fühlte es sich unter seinen Händen an, er kriegte sie nicht zu fassen! Er schaute hinab und sah, daß Tuba anstelle eines Kleides einen Fischschwanz hatte!
Dmitrij wurde klar, wohin er geraten war. Er schaute sich um und sah: Das war kein greiser Alter mit einem Schnurrbart bis auf die Schultern, der da »Bitter!« rief, sondern ein bärtiger Wels, der Luftblasen ausstieß. Die Diener in roten Schärpen waren Krebse mit ihren Scheren, Schalen mit Aas setzten sie auf den Tisch. Wer da tanzte und sang, waren keine Burschen und Mädchen, sondern Wasserleichen.
Dmitrij stieß Tuba von sich. Er schrie so laut er konnte. Er hob den Eichentisch hoch und schmetterte ihn gegen die Wände des Kristallpalastes. Die Wände zerbarsten.
Dmitrij packte ein Eichenbrett, stieß sich vom Grund des Flusses ab und stieg an die Oberfläche.
Er tauchte empor und schleppte sich ans Ufer, er fühlte nicht, ob er noch lebte oder schon tot war.
Er schaute an sich hinab: Er lebte noch.
Er rief nach seinem falben Pferd. Nach Hause wollte er reiten, in die Rus.

Aber die kleine Nixe war hier und blieb hier. Sie kam ans Flußufer und bat Dmitrij mit klagender Stimme:
»Verlaß mich nicht, Dmitrij! Reite nicht fort!«
»Du hast mich betrogen Tuba«, sagte Dmitrij. »Du hast nicht gesagt, daß du eine Nixe geworden bist.«
»Für dich habe ich mein Leben hingegeben! Ich bin die Königin des Flusses geworden! Komm zurück, und du wirst der König! Unermeßliche Schätze gibt es in unserem Königreich im Fluß!«
»Nein«, antwortete Dmitrij. »Lieber bin ich ein Fürst in der heiligen Rus als ein König im Königreich des Flusses!« Er stieg auf sein Pferd und ritt durch die Furt. Tuba hängte sich an seinen Steigbügel und weinte.
»Ich lasse dich nicht fort!« sagte sie. »Ich kann ohne dich nicht leben! Ich liebe dich mehr als mein Leben!«
Da brach auch Dmitrij in Tränen aus.
»Ich liebe dich auch!« antwortete er. »Aber das Schicksal wird uns wohl in dieser Welt nicht zusammensein lassen. Vielleicht wird Gott sich im Jenseits unser erbarmen …«
Er küßte sie.
»Ade und Lebe wohl!« sagte er.
Tuba ließ den Steigbügel los.

23

»Ist er wirklich weggeritten?» fragte der Zottelige.
»Ja, er ist wirklich fortgeritten. In der Rus hat er eine Frau genommen, sie hieß Evdokina, wie man erzählt. Kinder haben sie auch gehabt.«

»Und Tuba?«
»Tuba ist die Flußkönigin geworden. Bis heute lebt sie im Fluß, in der Achtuba. Tagsüber spielt sie in den Wellen und schwimmt da, wo Menschen sind. Aber wenn einer nicht acht gibt, holt sie ihn ein, packt ihn bei den Beinen und zieht ihn mit sich in die Tiefe. Besonders Kinder und junge Mädchen bringt sie gern zum Ertrinken. Es ist ganz verständlich, ihr ist langweilig dort unten, sie will mit ihnen spielen, sie ist doch selbst noch ein Kind. ... Und wenn es Nacht wird, ruft Tuba ihr goldenes Pferd und sprengt auf ihrem goldenen Pferd über die Steppe.«
»Über die Steppe? Auf einem goldenen Pferd?» Der Zottelige schaute auf.
»Jawohl. Es geht die Sage, der Khan Mamaj habe vor seiner Flucht sein ganzes Gold geschmolzen und ein lebensgroßes Pferd daraus gießen lassen. Das Pferd soll er dann in der Steppe vergraben haben.«
»Wo hat er es denn verscharrt?« Der Pockennarbige leckte sich die trockenen Lippen.
»Das weiß niemand. Schon seit Hunderten von Jahren suchen sie nach diesem goldenen Pferd und können es nicht finden. Man erzählt, wenn es Nacht wird, sprengt das goldene Pferd mit Tuba über die Steppe und schlägt mit seinen goldenen Hufen auf die Erde. Und tagsüber kehrt es an die Stelle zurück, wo Mamaj es vergraben hat, da liegt es den ganzen Tag und schläft sich aus«, sagte Petr. »Nur eine einzige Nacht im Jahr gibt es, da ruft Tuba nicht nach ihrem goldenen Pferd. Einmal im Jahr, in der Nacht auf den Johannistag, kommt Tuba ans Ufer, setzt sich in eine Trauerweide und ruft nach Dmitrij. ›Wo bist du, mei-

ne helle, herrliche Sonne‹, murmelt sie, ›meine schöne Sonne, Fürst Dmitrij. Komm zu mir, der schönen Jungfrau. Und leuchte den ganzen, den ganzen langen Tag. Leuchte mir …‹ Und die ganze Nacht weint sie so nach Dmitrij. Ganz kläglich und leise …«

Plötzlich weinte jemand in der Nacht, ganz kläglich, leise, und verstummte dann wieder.

»Pssst!« Petr richtete sich auf. »Habt ihr das gehört? Sie weint!«

Und wieder ertönte ein klägliches Weinen wie das eines Kindes, und wieder verstummte es.

Die Fischer sprangen auf und schauten angestrengt in die Finsternis, obwohl man die Hand nicht vor Augen sehen konnte.

Zum dritten Mal weinte jemand ach so bitterlich, so herzzerreißend.

Sie schauten sich um.

Ganz in der Nähe war das Weinen – beim Feuer.

Sie traten näher. Neben einem trocknenden Boot, in die Fischerjacke gehüllt, saß Hanna da und weinte.

Sie zogen die Jacke von ihrem Gesicht, es war naß wie vom Regen. Ihre Schultern bebten.

»Es ist wahr, das ist sie! Tuba! Die Tochter des Khan!« staunte der Zottelige. »Sicher hat sie uns von ihrem Dmitrij reden hören und hat angefangen zu weinen.«

»Die Tochter des Khan?« fragte der Pockennarbige. »Dann muß man sie den Behörden übergeben!«

»Warum das denn?« fragte der Zottelige verwundert.

»Der Khan, das wäre doch heutzutage der Zar«, sagte der Pockennarbige, »oder nicht?«

»Ja, das ist richtig«, stimmte der Zottelige zu.
»Und wenn das so ist, dann wäre sie doch die Zarentochter, nicht wahr?«
»Nun ja«, stimmte der Zottelige wieder zu.
»Daraus folgt«, sagte der Pockennarbige mit feierlicher Stimme, »daß wir die Zarentochter bei uns versteckt halten!«
Alle verstummten. Schweigend schauten sie den Pockennarbigen an.
Petr in seiner zerschlissenen Joppe trat von der Seite ganz nah an ihn heran und schaute ihm ins Gesicht.
»Das könnte dir so passen!« Keiner wußte, warum er sich so aufregte.
Und dann versetzte er dem Pockennarbigen mit der Faust einen Schlag auf den Schädel.
Als dieser am Boden lag, beugte er sich über ihn und wischte ihm eine Mücke von der Stirn.
»Da!« Er zeigte die Mücke den anderen. »Eine Mücke habe ich erschlagen! Einen Blutsauger.«
Er lachte.
»Gut hat Stenka Razin gehandelt, als er den Mücken nicht den Garaus machte. Unsere Leute, die Astrachaner Fischer, haben ihm zugesetzt: ›Bitte, bitte, mach bei uns den Mücken den Garaus. Wir können uns vor den Mücken nicht retten, bitte schön.‹ Aber Stenka hat ihnen geantwortet: ›Nein, ich werde ihnen nicht den Garaus machen, sonst werdet ihr ohne Fische dasitzen.‹ Und er hat ihnen nichts getan.«
Er wandte sich von dem Pockennarbigen ab, setzte sich ans Feuer und legte ein paar Holzscheite nach.

Der Pockennarbige rappelte sich ächzend auf, wischte sich übers Gesicht und richtete seinen glühenden Blick auf Hanna.

»Aber man muß das Mädchen doch ausfragen«, sagte er wieder drohend.

Petr drehte sich zu ihm. »Willst du noch eine?«

»Den Schatz soll sie uns zeigen«, schrie der Pockennarbige. »Wo Mamaj, ihr Vater, das goldene Pferd vergraben hat. Und wenn sie es nicht sagt – liefern wir sie aus! Dann können die sie ausfragen. Die kriegen noch jeden zum Reden.«

Hanna schaute den Pockennarbigen angsterfüllt an. Sie lief zu Petr und versteckte sich hinter seinem Rücken.

Petr richtete sich auf.

»Also, du … Laß das Mädchen in Ruhe!« sagte er zu dem Pockennarbigen. »Versündige dich nicht! Denk daran! Wir sind Fischer, die Bruderschaft Christi. Wir verraten niemanden, wir liefern niemanden aus! Wenn Christus wieder auf die Erde kommt, wird er zuerst zu uns kommen, uns wird er zuerst fragen: Was habt ihr hier ohne mich gemacht? Was werden wir ihm dann erwidern?«

Er hüllte Hanna fester in die Jacke ein.

»Schlaf«, sagte er zu ihr. »Wir werden dir Fische fangen und morgen kochen wir dir eine Fischsuppe.«

Dann wandte sich Petr an die anderen und rief:

»He, Fischer! Steht auf! Andrej! Ivan! Jakov der ältere und Jakov der jüngere! Semjon! Fadej! Philipp! Matvej! Barfolomej! Foma! Kommt, zu den Booten! Werfen wir die Netze aus, bald kommen die Fische …«

Die Boote klatschten in den Fluß.

Die Fischer warfen ihre Netze aus.
Es wurde still.
Hanna schloß die Augen. Sie legte sich auf die Erde. Preßte das Ohr an den Boden. Sie hörte, wie das Pferd unter der Erde galoppierte und mit den goldenen Hufen schlug.
Sie schlief ruhig ein.

24

Im Morgengrauen spürte Hanna, wie jemand vorsichtig über sie stieg.
Sie schlug die Augen auf. Sie sah einen Rücken und regte sich.
Der Mensch schaute sich zu ihr um. Es war der Pockennarbige. Er nickte ihr zu.
»Schlaf, schlaf, schlaf!« flüsterte er erschrocken.
Dann ging er vom Feuerplatz zum Weg, wobei er sich mehrmals umschaute.
Hanna drehte sich auf die andere Seite und schlief wieder ein.

25

Kurz darauf wachte sie wieder auf. Wie gestochen sprang sie auf.
Sie lief auf den Weg: Der Pockennarbige war schnellen Schrittes unterwegs in Richtung Dorf.

Hanna erschrak. Sie lief zu den Fischern, um es ihnen zu berichten.
Die Fischer lagen wie gefällte Helden um das erloschene Feuer und schliefen fest.
Hanna lief hin und her, sie wußte nicht wohin.
Dann lief sie zum Fluß, zu der Furt.
Sie stieg ins Wasser hinab und sah auf: Ein Kamel schwamm auf dem Fluß wie ein Schiff. Suleimen.
Sie ging ihm entgegen. Suleimen schwamm zu ihr. Sie umschlang seinen Hals, stieg auf seinen Rücken und setzte sich zurecht.

26

Die Sonne ging auf.
Das Kamel kam mit Hanna auf dem Rücken aus dem Wasser.
Der Zottelige wachte auf und sah sie.
»Ach!« seufzte er, »Tuba! Die Tochter des Khans!«
Hanna schlug ihre Fersen in die Flanken des Kamels.
Das Kamel rannte in die Steppe davon.

27

Hanna ritt auf dem Kamel durch die Steppe. Sie hatte Hunger. Sie schaute sich um. Unten an den Abhängen einer Schlucht wuchsen wilde Schlehen. Sie rutschte von dem Kamel und stieg in die Schlucht hinab.

An den stachligen Sträuchern hingen die schwarzen Schlehen wie Tintentropfen.
Sie streckte die Hand nach dem Schlehenstrauch aus, die Dornen kratzten ihr die Hand blutig.
Sie leckte das Blut ab und streckte die Hand wieder aus, ein Dorn stach ihr in den Finger.
Hanna war böse auf den Schlehdorn und lehnte sich darüber, doch der Busch sträubte sich mit seinen Dornenspitzen und wollte sie nicht an sich heranlassen.
Sie ließ sich auf die Erde fallen. Der Finger, den der Dorn gestochen hatte, tat sehr weh. Sie hob ihn hoch und blies darauf.
Plötzlich kam von nirgendher eine Libelle angeflogen, als wäre sie vom Himmel gefallen. Mit surrenden schimmernden Flügeln setzte sie sich auf ihren Finger.
Als sie Hanna sah, erstarrte sie. Erstaunt schaute sie sie an, wie gebannt.
Auch Hanna erstarrte. Sie betrachtete die Libelle und hatte Angst zu atmen.
Die Libelle hatte einen leichten Körper, so gewichtslos und trocken, als sei er zu gar nichts nutze. Sie hatte leichte Flügel, die durchsichtig waren wie Luft. Auf ihrem runden Kopf saßen zwei riesige Augen. Die Augen bedeckten den ganzen Kopf, als wären sie anstatt des Kopfes da. Es war, als dächte sie mit den Augen. Die Libelle war wie eine leichte, schwerelose Seele vom Himmel auf die Erde entsandt worden, um zu schauen.
Wenn sie genug gesehen hat, würde sie zurück in den Himmel fliegen.
Angestrengt, mit einem starr aufmerksamen Blick aus

vorspringenden Augen betrachtete die Libelle Hanna, als wollte sie sie sich ganz genau einprägen.
So schauten sie einander an, Auge in Auge.
»Wenn das Kamel hier ist, dann ist sie auch hier«, hörte Hanna plötzlich eine bekannte Stimme. »Weit kann sie nicht sein! Sicher hat sie sich in der Schlucht versteckt.«
Am Rand der Schlucht stand der Vorsitzende neben dem Kamel. Er schaute direkt auf Hanna hinab, aber er sah sie nicht, weil die Sonne seine Augen blendete.
Er dachte laut:
»Das Mädchen nehmen wir gefangen, das Kamel bringen wir in die Kolchose. Ein Kamel kann zweihundert Tage ohne Futter auskommen. Es arbeitet ohne Futter. Ein sehr günstiges Tier für die Kolchose!«
Der Pockennarbige trat zu ihm. Er schaute auf Hanna, doch auch er sah sie nicht, weil die Sonne ihn blendete.
Hanna wich zurück. Ein Zweig knackte unter ihr, der sie verriet.
»Da ist sie!« Der Vorsitzende hatte den Kopf etwas zur Seite geneigt und sie erspäht. Er zeigte mit dem Finger auf Hanna.
Der Pockennarbige hastete hinab, rannte auf Hanna zu.
Hanna warf sich schnell zu Boden und schlüpfte wie eine Natter unter den Schlehenstrauch. Der Schlehenstrauch verbarg seine Dornen und ließ Hanna hindurch.
Gegen den Pockennarbigen sträubte er sich und ließ ihn nicht heran.
Der Pockennarbige fing an, den Strauch auszureißen. Mit blutig zerkratzten Händen riß er daran. Hanna versteckte sich unter einem anderen Busch. Auch diesen riß er aus.

Hanna rannte los durch das stechende Dickicht. Der Pockennarbige einfach drauflos hinter ihr her. Hanna schaute sich um. Sie sah, daß der Pockennarbige sie einholen würde, und versteckte sich hinter einem kümmerlichen Strauch. Mit angehaltenem Atem saß sie hinter dem Strauch.
»Da ist sie!« sagte der Vorsitzende von oben und zeigte auf Hanna.
Der Pockennarbige drehte sich um und kam direkt auf Hanna zu. Mit seinen glühenden Kohlenaugen verbrannte er Hanna. Er packte den Busch und begann daran zu reißen. Die Zweige krachten wie Knochen. Er bückte sich, um Hanna zu packen, da drangen Dornen in seine Augen ein und löschten die glühenden Kohlen. Der Pockennarbige heulte auf wie ein verwundetes Tier. Er drehte sich auf der Stelle im Kreis, blind schaute er aus blutenden Augen auf Hanna und versuchte sie mit seinen blutverschmierten Händen zu packen.
Hanna entschlüpfte ihm und rannte durch das Dickicht, quer durch die Dornenbüsche. Auf der anderen Seite der Schlucht sprang sie hinaus. Sie lief in die Steppe.
»Bleib stehen! Wir kriegen dich ja doch!« schrie der Vorsitzende von der anderen Seite der Schlucht. »Komm zurück! Von der Hitze in der Steppe wirst du verdursten, du Dumme!«

28

Hanna ging immer tiefer und tiefer in die Steppe hinein. Die Sonne stand schon hoch an dem weißen gleißenden Himmel. Die Steppe, stahlgrau vom Wermut, erhitzte sich nach und nach wie eine Bratpfanne. Es wurde glühend.

Hannas Hände und ihr Körper waren von den Schlehdornen blutig zerkratzt, und die Wunden brannten.

Sie hatte Durst.

Hanna wandte sich um, und da sah sie weit unten den kleinen Fluß, von dem sie sich immer weiter entfernt hatte. Der Fluß blinkte in der Sonne und wurde immer kleiner und kleiner, als trocknete er vor ihren Augen aus, der ganze Fluß hätte in einen Krug gepaßt.

Sie hatte Durst auf den ganzen Fluß.

Hanna fuhr sich mit der Zunge über die ausgetrockneten Lippen.

Schweißtropfen traten ihr aufs Gesicht, sie trockneten und hinterließen Salzspuren, und neue Tropfen traten hervor. Ihre Haare wurden feucht und dunkel, und die Sonnenstrahlen fielen jetzt direkt auf Hannas dunklen Kopf, wie Pfeile auf eine Zielscheibe. Hanna umfaßte ihren armen Kopf mit beiden Händen und lief weiter.

Aber sie konnte nirgends hinlaufen. Ringsum war Steppe. Hitze stieg daraus auf wie aus einem Ofen. Hanna setzte sich erschöpft hin.

Sie hatte Durst, Durst, Durst.

Da sah sie grüne Grashalme auf der Erde, wo sie saß, sie pflückte einen und kaute darauf. Sie pflückte noch einen, in weißen Tropfen rann Milch aus dem Stengel. Sie freute sich, steckte den Stengel in den Mund. Lippen und Zunge wurden ihr ganz bitter, es war Wolfsmilch. Sie spuckte aus und begann zu weinen. Die Tränen fielen auf ihre Hände, und Hanna leckte sie auf. Aber sie waren genauso bitter wie die Wolfsmilch. Die Tränen auf ihrem Gesicht trockneten, und die Haut unter ihren Augen spannte und juckte von dem Salz.

Hanna wandte sich um, um auf den fernen Fluß mit dem kühlen Wasser zu schauen. Der glitzernde, sich windende Fluß lächelte ihr plötzlich mit einem bösartig-glitzernden, verschlagen-schlängelnden Schlangenlächeln zu und verschwand.

Und Hanna begriff plötzlich, daß sie es nicht schaffen würde. Voller Vorwurf blickte sie die Sonne an wie einen Mörder.

Und da sah sie die Sonne, wie sie einsam zog, die kleine vertrocknete Sonne, über den weißen Himmel, der ausgedörrt war wie die Steppe und selbst an der Hitze litt, die von irgendwoher kam. Doch die Sonne zog beharrlich immer weiter über den Himmel.

Man mußte weitergehen.

Hanna stand auf und ging schwankend weiter.

Sie ging lange. Ihr war schwindlig. Die Wunden an ihrem Körper bluteten. Schweiß strömte ihr übers Gesicht, und sie ging und ging, schaute auf ihre Füße, fühlte den Schmerz an den Fersen von der trockenen steinigen Erde und den nadelscharfen Grannen.

Und dann hob sie plötzlich den Kopf und blieb wie angewurzelt stehen, sie traute ihren Augen nicht.

Vor ihr lag ein riesiger See. Von einem Ende bis zum anderen war er tiefblau.
Beglückt rannte Hanna zum See und sprang hinein.
Das salzige Wasser brannte auf ihrem ganzen Körper. Es war, als fräße es sich in die blutigen Wunden.
Als brennte es sich durch ihre Seele.
Hanna schrie vor Schmerz:
»Ga-ga-ga!«
Bis zum Himmel hinauf schrie sie:
»Ga-ga-ga!«
Es war der Baskuntschak-See aus den Tränen der Tatarenfrauen.

DRITTER TEIL

1

Hanna bettelte an den Bauernhöfen. Es war Winter geworden.
In Lumpen gehüllt stand sie an der Tür eines Hauses.
Sie klopfte. Es wurde geöffnet.
»Nein, wir haben nichts. Geh, Mädchen, geh weg.« Die Frau schlug die Tür zu.

2

Hanna kam an einen anderen Hof. Sie ging zum Haus. Klopfte. Niemand öffnete.
Plötzlich sprang sie leise und unerwartet ein riesiger zottiger Hund von hinten an und warf sie um. Er zerrte an ihr herum wie an einer Puppe. Ohne einen Laut riß Hanna sich von ihm los. Jaulend jagte er sie bis zur Gartenpforte.
Hanna sprang über die Pforte.
Der Hausherr trat auf die Schwelle.
»Braver Bursche, Buran«, lobte er den Hund.
Er warf dem Hund ein Stück Fleisch zu. Der fing es auf und verschlang es, ohne zu kauen.

3

Hanna bettelte weiter. Es schneite. Der Schnee fiel in langsamen Flocken.
Hanna drehte sich im Kreis, fing die Flocken mit dem Mund auf. Wenn sie eine aufschnappte, lachte sie glücklich. Jungen fielen über sie her wie böse junge Hunde.
»Du Dumme! Du Dumme!«
Hanna setzte sich an die Mauer einer verlassenen Kirche und schaute düster.
Die Jungen ließen sie in Ruhe. Zitternd vor Kälte saß sie da. Der Schnee fiel immer weiter und bedeckte die Erde.
Plötzlich erdröhnte ein tiefer Klang über ihrem Kopf.
Dong!
Die Erde erbebte.
Dong!
Der Himmel erbebte.
Sie hob den Kopf. Im Glockenturm stand Vater Wassilij und läutete die Glocke.
Dong! Dong! Dong! Langsam, zäh wie Honig aus einem Krug floß der Klang aus der Glocke und breitete sich golden über die Welt.
Die Leute kamen aus den Häusern gelaufen. Sie schauten hinauf.
»Schaut nur! Die Glocke ohne Zunge hat angefangen zu sprechen!«
»Vater Wassilij hat ihr eine goldene Zunge gegossen!«
»Woher hat er soviel Gold gehabt?«
»Einen Schatz hat er gefunden! Den Schatz von Stenka Razin hat er entdeckt, wie man erzählt.»

Alt und jung liefen zur Kirche.
»Heute ist ein Feiertag, Rechtgläubige! Das Dreikönigsfest!«

4

Nach dem Gottesdienst gingen alle an den Fluß Podstjopka.
Voran der Priester, Vater Wassilij, mit dem goldenen Kreuz, hinter ihm alle Leute.
Hanna ging ganz am Schluß hinter allen anderen.
Mitten im Fluß stand ein Kreuz, hellblau, aus Eis gehauen.
Es leuchtete in der Sonne.
Neben dem Kreuz schlugen die Männer ein Loch in das Eis.
Vater Wassilij weihte das Wasser.
»Im Namen des Vaters, den Sohnes, des Heiligen Geistes, amen.«
Er wandte sich an die Gemeinde.
»Heute ist das Dreikönigsfest, Rechtgläubige!« sagte er. »Frohes Fest!«
Die mutigen Männer und Burschen warfen die Kleider ab und sprangen splitternackt, so wie die Natur sie geschaffen hatte, in das Eisloch.
Das eisige Wasser aus dem Eisloch spritzte auf die Frauen.
Die Frauen kreischten auf und lachten. Sie bewarfen die nackten Männer in dem Eisloch mit Schneebällen.
»Ganz wie in den alten Zeiten!« flüsterten die Alten. »Ganz wie es früher war!«

Eine magere Frau brachte einen Schlitten an das Eisloch. Auf dem Schlitten lag ein kranker Mann, in Tücher eingewickelt wie ein Säugling, und blickte zum Himmel hinauf. Sie brachte ihn bis an das Eisloch und wickelte ihn aus den Tüchern.
»Nehmt meinen Mann entgegen, liebe Leute. Ein Jahr schon liegt er und steht nicht auf. Vielleicht wird es ihm von dem geweihten Wasser bessergehen?«
Die Männer nahmen den bleichen, ausgemergelten skelettartigen Körper entgegen. Er wanderte von einer Hand zur anderen, dann ließen sie ihn ins Wasser gleiten.
Wie einen Säugling legten sie ihn wieder auf die Tücher und hüllten ihn ein.
Der Mann lag in seinen Tüchern und brüllte seine Frau aus Leibeskräften an:
»Der Teufel soll dich holen! Den Schwanz hast du mir abgefroren! Womit soll ich dich jetzt stoßen?«
Alle grölten los:
»Schau einer an! Er ist geheilt! Das Wasser hat wirklich geholfen! Das ist heiliges Wasser!«
Sie hoben ihn hoch und riefen: »Das Wasser ist heilig! Heilig! Heilig!«
Lachend und schreiend fingen nun auch die übrigen Männer, Burschen und Jungen an, sich auszuziehen. Sie rissen die Mützen vom Kopf, zogen die Fußlappen von den Füßen, warfen ihre Jacken, Hosen, Hemden ab und sprangen in das Wasser, es war so eisig, daß es ihnen den Atem verschlug!
Hanna trat an das Eisloch, schöpfte etwas heiliges Wasser mit der Hand, trank es in kleinen eisigen Schlucken.

5

Plötzlich ertönte ein Pfeifen und Johlen in der Ferne. Hanna schaute in die Ferne. Eine dunkle Schar lief übers Eis, das zu beben begann, sie kamen immer näher.
»Männer! Raus aus dem Eisloch!« rief ein Bursche neben Hanna, »die Komsomolzen kommen!«
Sie sprangen aus dem Wasser, zogen die Hosen an, bildeten eine geschlossene Mauer.

6

Die Komsomolzen kamen heran, bauten sich zu einer dunklen Mauer vor ihnen auf. Sie sperrten die Münder auf wie Krähenjunge.
»Es gibt keinen Gott!« brüllten sie. »Es gibt keinen Gott!«
Die Männer blieben stumm stehen wie eine Wand.
Die Mütze schief auf dem lockigen Kopf, die Arme in die Hüften gestemmt, trat ein stattlicher Komsomolze hervor. Das war der Sekretär. Er sah die Bauern scharf an.
»Nehmt das Kreuz weg«, schrie er.
Die Männer standen wie eine Wand und schwiegen.
Hinter ihnen schimmerte das Kreuz eisig in der Sonne. Es blendete den Komsomolzen.
»Schlagt das Kreuz ab!« schrie der Komsomolze und schirmte seine Augen gegen das Licht ab.
Schweigend und in wortloser Einigkeit faßten die Bauern einander an den Händen.

Vater Wassilij stellte sich neben das Kreuz und schützte es mit seinem Körper.
»Schlagt es ab!« brüllte der Komsomolze, der vor Wut schäumte. »Es gibt keinen Gott! Es gibt ihn nicht! Euer Gott ist verreckt!!«
»Du lügst!« schrie plötzlich jemand hinter den Bauern.
Die Menge teilte sich in der Mitte.
Ein kleines Bäuerchen trat dem stattlichen Komsomolzen entgegen, er reichte ihm nur bis zum Gürtel. Sein Körper war ganz mit Kugelnarben bedeckt und sein Gesicht mit Säbelnarben. Er blieb ihm gegenüber stehen und warf die Mütze auf den Boden.
»Du lügst, du Hund! Gott lebt! Gott ist lebendig!«
»Vati?« fragte der Komsomolze erstaunt.
»Jawohl, ich bin es, Sohn«, antwortete der.
»Geh weg, Vater«, befahl der Sohn.
Mit vorgereckter Brust trat er auf den Vater zu.
»Aber Vater, du bist doch Rotarmist gewesen, hast Blut für das sowjetische Reich vergossen!«
»Gegen Gott habe ich nicht gekämpft!« antwortete der Vater.
Er verstellte dem Sohn den Weg.
Die Augen des Komsomolzen waren rotunterlaufen.
»Geh aus dem Weg!« schrie er rasend. »Geh!«
Er stieß seinen Vater heftig beiseite. Der Vater stürzte und schlug mit dem Kopf aufs Eis. Blut trat ihm aus dem Mund.
Die Leute stöhnten auf.
Aber der Vater rappelte sich schwankend wieder auf. Er spuckte das Blut aus und trat auf seinen Sohn zu.

»Du Teufelsbrut!« sagte er, holte aus und verpaßte ihm einen Schlag in die Zähne.
Wie Perlen kollerten die weißen Zähne aus dem Mund über das Eis.
»Ah! Ah!« Der Sohn stieß einen schrecklichen Schrei aus seinem blutigen Mund aus. »Ich schlage dich tot!« schrie er und ging auf seinen Vater los.
Engumschlungen taumelten sie in einem tödlichen Würgegriff, der Vater und der Sohn.
»Sie schlagen die unsrigen!« hörte man Schreie von allen Seiten.
Und dann ging es hoch her! Die Fäuste flogen.

7

Alles wirbelte durcheinander: die bis zum Gürtel nackten Bauern, die Komsomolzen in ihren Jacken aus schwarzem genarbtem Leder, Frauen in geblümten Umschlagtüchern, kleine Jungen, die dazwischen umherwuselten.
Ringsum Pfeifen und Schreien.
Dann ein Stöhnen und Jammern.
Sie prügelten einander, was das Zeug hielt und ohne Rücksicht auf Verluste, als hauten sie mit der Krummaxt Eichen um, die frischen Eichen, die krachten.
Au-aah!!! Au-aaah!!! Au-aaaah!!!
Ein Bauer hämmerte einem Komsomolzen mit der Faust auf die Nase.
Der Komsomolze wischte sich Blut und Rotz ab und traf den Bauern mit einem üblen Schlag auf die Kehle.

Dieser krümmte sich, die Augen quollen ihm hervor, er schnappte nach Luft. Er keuchte, holte aus und verpaßte dem Komsomolzen einen Hieb auf den Wangenknochen, daß der von der rechten auf die linke Seite rutschte. Dann spuckte er sich auf die Fäuste und boxte ihn aufs Ohr.
Dem dröhnte es in den Ohren. Er raste vor Zorn. Er hob ein Stück Eis auf und haute es dem Bauern mit voller Wucht auf die Schläfe. Der Bauer stürzte aufs Eis wie ein gefällter Baum.
Wie eine Windmühle stand der rotgesichtige Müller inmitten der Menge.
»Komm nur, Komsomolze«, brüllte er. »Die Knochen brech ich dir!«
Er packte die Komsomolzen am Kragen wie Mehlsäcke und ließ ihre Köpfe zusamenknallen. Die Schädel knackten wie Nüsse. Die Körper hingen schlaff wie leere Säcke, dann warf er sie zur Seite. Die schlaffen Körper ließ er einfach los, mit einem dumpfen Schlag fielen sie auf das Eis.
Anna Pschenitschnaja mit ihren Fäusten wie Kürbisse stürzte sich ins Getümmel. Sie packte einen Komsomolzen bei seinem fuchsroten Schopf. Ohne ein Wort zu sagen riß sie den Schopf des Komsomolzen hin und her, hin und her.
»Werd ein Mensch«, zischte sie, »werd ein Mensch ...«
Der Komsomolze hielt es nicht aus und flehte:
»Mama, Mama, das tut weh! Laß mich los, Mama!« Er verzog sein sommersprossiges Gesicht zu einem Weinen.
Sie erbarmte sich ihres Sohnes und ließ seinen Schopf fahren.
»Sei ein Mensch, Nikola!«

Er nahm Reißaus vor seiner Mutter.
»Es gibt keinen Gott!« rief er ihr aus der Ferne zu.
Pschenitschnaja Anna setzte ihrem Sohn hinterher.
Sie glitt aus, fiel hin, verletzte sich und brach in bittere Tränen aus.
Weinen und Stöhnen stiegen über dem Schlachtfeld auf, ringsum floß Blut, und Knochen krachten.
Freunde prügelten einander, Brüder, Söhne und Väter und Väter und Söhne.
Die geschlagenen Kämpfer fielen aufs Eis wie Späne beim Hobeln.
»Brüder! Kommt zur Besinnung! Gott bewahre! Brüder!«
Vater Wassilij eilte zwischen den Kämpfenden umher und rief ihnen zu. »Bewahre uns, Herr, vor Haß, Groll, Unfrieden und Gemeinheit!« rief er zum Himmel hinauf. Er trat zwischen zwei, die sich prügelten. »Brüder …«
Blindlings schlugen sie von zwei Seiten auf ihn ein.

8

Hanna saß hinter dem Kreuz, da hatte sie sich versteckt und zitterte.
Plötzlich hörte sie ein schweres Dröhnen, das sich anhörte wie die Schläge eines steinernen Herzens.
Das Dröhnen kam näher. Hanna schaute hinter dem Kreuz hervor. Reiter in Soldatenmützen sprengten von allen Seiten über das Eis.
Sie galoppierten heran.
»Auseinander!« schrien sie.

Mit Peitschen droschen sie auf die einen wie die anderen ein.
Einem Komsomolzen zogen sie eins über, der Striemen auf seinem Gesicht schwoll an.
»Enkawede!« sagte er düster hinter ihnen herblickend und wischte sich das Gesicht ab.
Mit ihren Pferden galoppierten sie über die am Boden Liegenden.
Einer ging direkt auf Anna Pschenitschnaja los.
Vater Wassilij und der rote Nikola stürzten sich von zwei Seiten auf das Pferd und packten die Zügel.
Das Pferd bäumte sich auf.
Der Reiter stürzte kopfüber vom Pferd.
Da griffen andere Reiter Vater Wassilij und Nikola an, packten sie unter den Armen und schleiften sie zu dem Eisloch. Sie schlugen ihnen mit den Peitschenstielen über den Kopf und stießen dann beide in das schwarze Wasser.
Ein Stöhnen ging durch die Menge.
Die Leute kamen zur Besinnung und rannten zum Eisloch.

9

Reglos breitete sich der schwarze Wasserspiegel in dem Eisloch aus.
»Väterchen! Vater Wassilij!« Marja Bokanjova, Vater Wassilijs geistige Tochter, stand am Eisloch und weinte.
Anna Pschenitschnaja kroch übers Eis zu dem Loch.
Sie schaute in die bodenlose Tiefe.
»Nikola, mein Sohn!« rief sie.

Sie rief nach ihm in das Eisloch hinein, als riefe sie ihn vom Schwatz auf der Straße heim zum Abendessen.
»Wo bist du, Nikola? Nikola!!!« schrie sie.
Und als hätte er die Mutter gehört, atmete jemand dort unten in der Tiefe. Bläschen erschienen auf dem schwarzen Wasser.
Nikolas fuchsroter Kopf tauchte auf. Anna Pschenitschnaja packte ihn am Schopf, und unter großer Anstrengungen zog sie ihren Sohn heraus. Nikola lag eine Weile da, dann öffnete er die sommersprossigen Augen.
»Mama«, sagte er. »Es tut so weh!«
Er schloß die Augen.
Die Mutter brach in lautes Klagen aus.

10

»Auseinander! Auseinander!« schrien die Enkawedeler.
Mit Peitschen trieben sie die Leute ans Ufer.
Voran ging Anna Pschenitschnaja, den Sohn trug sie in ihren Armen. Er lag da, als schliefe er.
Marja Bokanjova blieb an dem Eisloch sitzen. Sie saß dort wie an Vater Wassilijs Grab. Auf dem Grab stand das Kreuz aus Eis und leuchtete in der Sonne.
»Verschwinde, verschwinde!« Auf ihren Pferden kamen sie zurück, um Marja zu holen.
»Ich gehe nicht fort!« schrie sie.
Sie packten Marja, legten sie quer über ein Pferd und brachten sie fort.
»Ihr Ungeheuer! Ihr Ungeheuer!« schrie sie.

Hanna lief mit den anderen.
Einer holte sie ein und schlug sie mit der Peitsche. Sie schaute sich um: Auf dem Pferd saß der Mann mit der Narbe – der aus dem Schweinestall. Sein Blick begegnete ihrem.
»Hanna?« Er hatte sie erkannt.
Hanna floh zum anderen Ufer. Er riß das Pferd herum und sprengte ihr hinterher.
»Hanna, bleib stehen!« rief er ihr hinterher.
Am anderen Ufer lagen Baumstämme, das Pferd konnte nicht hinüber. Sie sprang hinauf und lief weiter.
Bei den Stämmen hielt er sein Pferd an. Er hatte es eilig. Hinter ihr her setzte er über die Baumstämme.
Hanna rannte hinaus aufs freie Feld. Die Füße trugen sie über die verharschte Kruste.
Er lief hinter ihr her, versank bis zur Hüfte im Schnee.
»Es ist nicht meine Schuld«, schrie er Hanna zu. »Wir sind hierhergeschickt worden!«
Er blieb zurück.

11

Hanna lief lange. Sie kam in ein unbekanntes Dorf.
Sie setzte sich an einen Zaun in den Schnee, gegenüber einer Teestube.
Es fing an zu schneien.
Sie saß da und zitterte.
Auf die Treppe der Teestube trat ein lustiges, fast betrunken wirkendes Mädchen mit schielenden blauen Augen. Sie betrachtete den Schnee.

Der Winter ist gekommen, der Sommer enteilt,
Das verdanken wir der Partei!

deklamierte sie.
Sie sah Hanna.
»Komm, Mädchen, ich geb dir eine Suppe.«

12

»Iß, mein Liebchen, iß, mein Schatz.« Das schielende Mädchen schöpfte Hanna Suppe. Sie setzte sich ihr gegenüber und schaute zu.
Hanna rührte mit dem Löffel darin herum, dann ließ sie den Löffel sinken.
»Schmeckt es nicht?« Das Mädchen erschrak. »Ach, du glühst ja, mein Liebchen. Leg dich hin, ich richte dir hier ein Bett. Ich decke dich ganz fest zu, so.«
Sie gab ihr einen Sud aus Kräutern zu trinken. Sie legte Hanna auf die Bank in die Ecke und deckte sie mit einer Flickendecke zu.

13

Hanna warf sich unruhig hin und her. Durch den Dunst und Rauch sah sie schwitzende Bauern in der Teestube, sie tranken Wodka, Betrunkene umarmten sich, küßten einander. Das schielende Mädchen brachte Essen, räumte Geschirr ab, kam, wenn sie gerufen wurde.

»He, Katerina! Noch einmal!« Sie ging umher wie eine Prinzessin. Wenn sie nichts zu tun hatte, setzte sie sich zu einem zotteligen Kerl, sagte ihm etwas und lachte hell und zärtlich dabei. Sie kam immer wieder zu Hanna, legte die kühle Hand auf ihre glühende Stirn und fragte:
»Es geht dir besser, nicht wahr?«
Man rief nach ihr, sie ging fort.
Neben Hanna saßen zwei Männer am Tisch. Der eine war der dicke, schwarzbärtige Schmied Daniil Rogozin, der andere der Pferdeknecht Erema Popov, ein dunkelblonder junger Mann, dessen Haar wie eine Roggengarbe auf seinem Kopf lag.
Sie hatten die Köpfe zusammengesteckt und flüsterten leise miteinander.
Durch Fieber und Halbschlaf hindurch hörte Hanna:
»Hast du gehört, in Kapustin Jar haben sie gestern den Popen, Vater Wassilij, in einem Eisloch ertränkt«, sagte der schwarzbärtige Schmied.
»Wirklich?« rief der Dunkelblonde aus, dann schlug er die Hand vor den Mund und fragte flüsternd: »Wer hat ihn getötet? Jene?«
»Ja, jene ...«
»Und warum?«
»Er hatte die Glocke geläutet. Gestern war Dreikönigstag. Auf der Podstjopka hat er ein Kreuz aus Eis aufgestellt, und im Eisloch hat er die Leute getauft. Wie früher war es.«
»Und er hat keine Angst gehabt?«
»Nein, er hat keine Angst gehabt. Es wird erzählt ...« Der schwarzbärtige Schmied schaute sich um, dann beugte er

sich näher zu dem Dunkelblonden und sagte im Flüsterton: »Die Mutter Gottes selbst hat ihn geheißen, die Glocke zu läuten. ›Läute die Glocke‹, hat sie gesagt.«

»Hat er von ihr geträumt? Oder ist sie ihm als Vision erschienen?«

»Weder das eine noch das andere. Sie ist ihm leibhaftig erschienen.«

»Leibhaftig?!« Dem Dunkelblonden verschlug es die Sprache.

Der Schwarzbärtige schlug die Augen nieder, nickte und sagte:

»Jawohl! Aus dem himmlischen Efes ist sie herabgestiegen. Eine alte Frau, auf ihrem Pferdchen. Durch ganz Rußland ist sie auf ihrem Pferdchen gekommen, heißt es. Wenn sie einen Armen sieht, gibt sie ihm Brot. Die Witwen tröstet sie. Den Verwundeten verbindet sie die Wunden. Den Waisen in den Kinderheimen trocknet sie die Tränen. Und jetzt, wird erzählt, zieht sie durch die Gefängnisse, um die Unschuldigen zu befreien. Den ganzen Kummer Rußlands nimmt sie, um ihn im Himmel ihrem Sohn zu zeigen. ›Hilf den Russen, Herr!‹ wird sie ihm sagen. ›Sie haben genug gelitten, es reicht jetzt!‹«

Die beiden schwiegen.

Der Schmied fuhr fort.

»Nur Vater Wassilij hat sie sich offenbart. Er hat sie gesehen und Marja Bokanjova auch …« Der Schwarzbärtige überlegte. Er rückte näher an den Dunkelblonden, flüsterte: »Vater Wassilij ist vor einem halben Jahr zu mir in die Schmiede gekommen und hat gesagt: ›Danila, kannst du unserer Glocke eine Zunge machen?‹«

»Und was hast du gesagt?«
»›Ja, das kann ich‹, habe ich gesagt. ›Ich muß nur wissen, aus was. Silber‹, sage ich zu Vater Wassilij, ›davon braucht man eine Menge, damit die Glocke klingt, und Kupfer und einiges an Gold, es ist eine riesige Glocke, damals hat man sie auf dem Dampfer über die Wolga gebracht! Fünfhundertfünfzig Pud wiegt sie! Eine solche Glocke braucht eine schwere Zunge!‹«
»Und was hat er darauf geantwortet?«
»›Das Material ist da‹, hat er gesagt. ›Nimm das Fuhrwerk und auf geht's!‹ Gesagt, getan. Ich hab das Pferd angespannt. ›Wohin fahren wir?‹ hab ich gefragt. ›Fahr nach Zarizyna, von dort zeig ich dir den Weg‹, sagte Vater Wassilij. Den ganzen Tag sind wir gefahren. Es war schon Nacht, als wir an ein Dorf kamen. ›Wie heißt das Dorf?‹ hab ich gefragt. ›Peskovotovka‹, antwortete Vater Wassilij. ›Bieg zur Wolga ab‹, sagte er, ›siehst du, da zu dem Hügel!‹
Das Herz schlug mir bis zum Hals! Ich wußte, daß hier der Schatz von Stenka Razin vergraben lag. Das ganze Schiff ist dort vergraben, voll mit Silber und Gold. Stenka hatte es bei Hochwasser hierhergebracht, und als das Wasser fiel, hat er über dem Schiff einen Hügel angehäuft, und obendrauf hat er einen Apfelbaumzweig in die Erde gesteckt. Aus dem Zweig wuchs ein großer Apfelbaum, aber seine Äpfel haben keine Kerne.
Wir kamen an den Hügel. Und wahrhaftig! Die Äpfel leuchteten in der Dunkelheit!
›Erkennst du es?‹ fragte Vater Wassilij.
›Ja‹, sagte ich. ›Hier liegt der Schatz von Stenka Razin.‹

›Nimm einen Spaten‹, sagte er. ›Und komm, wir wollen den Schatz ausgraben.‹
Ich erschrak.
›Nein‹, sagte ich, ›dahin geh ich nicht. Jeder weiß, daß in dem Hügel ein Schatz verborgen ist, aber dort zu graben ist schaurig: das ist kein einfacher Schatz, er ist verzaubert, und ein Fluch liegt darauf, der über viele Unglück bringen kann. Viele Menschen sind durch ihn umgekommen, von niemandem hat sich der Schatz von Stenka Razin entdecken lassen.‹
›Von uns wird er sich entdecken lassen!‹ sagte Vater Wassilij. ›Die Mutter Gottes selbst hat Stenkas Schatz befohlen, sich uns zu offenbaren. Hab keine Angst, Danila! Komm, gehen wir!‹
So stiegen wir auf den Hügel. Wir gingen an dem Apfelbaum vorbei, ich pflückte einen Apfel ab und aß ihn – und tatsächlich, er hatte keine Kerne, die Leute lügen nicht!
Wir kletterten auf die Spitze. Wir gruben, ein Stich, zwei Stiche. Wir sehen, daß es keine Grube ist, sondern ein Verlies mit einer Tür. Die Tür war verriegelt und hat ein Schloß. Wir hatten die Tür kaum berührt, da fiel der Riegel ab, und die Tür öffnete sich. Wir gingen hinein. Und darin – eine Pracht! Fässer mit Silber und Fässer mit Gold! Alle möglichen Edelsteine, unzählige Gefäße! Und alles brannte wie Feuer!
Vater Wassilij und ich machten uns daran, die Fässer mit Gold hinauszurollen und auf das Fuhrwerk zu laden. Als wir das ganze Gold aufgeladen hatten, wollten wir uns das Silber vornehmen. Wir kommen zurück an die Tür, da ist sie wieder verschlossen, die Grube mit Erde wieder zuge-

schüttet! Der Schatz hatte sich wieder verborgen und war in die Erde zurückgekehrt.
So fuhren wir nach Hause.
Das Gold habe ich bei mir in der Schmiede geschmolzen und der Glocke eine Zunge gegossen und geschmiedet. Eine goldene Zunge, aus reinem Gold!«
Der Schmied schwieg, schloß die Augen, bewegt von der Erinnerung.
Der Dunkelblonde klagte:
»Die Komsomolzen werden der Glocke die Zunge herausreißen, sobald sie wissen, daß sie aus Gold ist.«
»Das sollen sie nur probieren!« lachte der Schmied und öffnete die Augen wieder. »Wenn sie sie herausreißen, wird sich das Gold in ihren Händen in Scherben verwandeln.«
»Woher weißt du das?« wollte der Dunkelblonde wissen.
»Ich weiß es. Ich habe mir eine einzige Goldmünze genommen und in die Tasche gesteckt.« Der Schmied schlug betreten die Augen nieder. »Nur zum Andenken.«
»Und dann?«
»Dann hab ich mir irgendwann in die Tasche gegriffen. Und da liegt doch anstatt des Goldstücks in meiner Tasche ein … Was meinst du wohl?« fragte der Schmied den Dunkelblonden. »Ein frischer Kuhfladen!« rief er laut lachend und riß dabei den Mund, der rot war wie ein glühendes Schmiedefeuer, weit auf. »Da hat sich Stenka Razin mit mir einen Scherz erlaubt!«
Ein junger Bursche mit Wangen so rot, als seien sie mit Rouge geschminkt, trug gerade Bierkrüge vorbei.
»Stenka? Razin?« Seine Augen funkelten. »Hat er hier gelebt?«

»Hoho! Woher hat's dich zu uns verschlagen, Bursche?« wunderte sich der Schmied. »Wo haben sie dich fortgeschickt?«

»Aus Tula«, antwortete der Rotwangige.

»Lebt in Tula und frißt Kugeln! Die Leute von Tula haben sich die Flöhe an die Kette geschmiedet«, neckte ihn der Schmied. »Du bist kein Hiesiger, das sieht man sofort. Wer an der Wolga geboren ist, der hört von Stenka früher als vom eigenen Vater. Die Mutter wiegt ihr Kind in der Wiege, und anstatt eines Wiegenlieds singt sie ihm ein Lied von Stenka Razin. Ja, Stepan Timofejewitsch hat sich den Menschen hier eingeprägt, das hat er! Die ganze Wolga erinnert sich an ihn: Zarizyn, Saratov, Samara ... Astrachan hält ihm das Andenken!«

Der Schmied hatte die Stimme erhoben, damit ihn alle in der Teestube hörten. Die Männer drängten aus den Ecken herbei.

Auch Katerina kam dazu, um zu lauschen. Sie setzte sich neben den Zotteligen. Der Zottelige legte ihr den Arm um die Schultern.

Der Dunkelblonde warf Scheite in den Ofen. Die Flammen loderten.

Hanna loderte auch. Sie sperrte die Ohren auf.

»Ein freies Reich war hier unter Stenka Razin«, begann der Schmied seine Erzählung. »Die Astrachaner Freiheit, hast du davon gehört? Wer die Wahrheit suchte, wer die Freiheit suchte, wer einsam war, wer arm war und wer ein gutes Herz und frischen Mut hatte, der kam hierher, ins freie astrachanische Reich, aus der ganzen Rus kamen sie hierher. Astrachan nahm sie alle auf, ernährte sie alle. In den Flüssen schwamm der Stör, in den Gärten reifte der Wein, auf den Feldern lagen Honig- und Wassermelonen und Kürbisse groß wie Köpfe. Die Sonne war heißer, der Himmel blauer … ein Paradies auf Erden!

So sammelte Stenka Razin alle Erniedrigten aus dem ganzen russischen Land und beschloß, hier, in Astrachan, sollte kein Reich des Unrechts, sondern ein Reich der Wahrheit sein. Den Sklaven gab er die Freiheit, an die Armen verteilte er das Hab und Gut, das er erworben hatte, die zu Unrecht im Gefängnis Eingesperrten befreite er, den Häusern der heiligen Muttergottes, den Kirchen, erwies er seine Ehre.

Die Astrachaner schrieben sich ihren Freibrief selbst: ›Wir wollen hier, in Astrachan, in Liebe und Eintracht leben und niemanden in Astrachan ums Leben bringen und einen Sinnes beieinanderstehen.‹

Alle Herrscher wurden davongejagt. Jetzt, erklärten sie, wird alles in einer Runde entschieden. Und so versammelten sie sich. Alt und jung und Kosaken und Händler und Kalmücken und gute Christen, und sie beschlossen, wie alles vor sich gehen solle. Jeder sagte, was er dachte, sein Wörtchen wurde irgendwo in Rechnung gebracht.

Stepan stand in der Runde und hielt mit allen Rat. Wenn der Runde gefiel, was er sagte, riefen sie: ›Gut so, Väterchen!'‹ Gefiel es ihnen nicht, donnerten sie: ›Nicht gut! Mach es doch so …‹ Stepan stand unter dem Kosakenbanner und hörte zu.

Aber er hatte eine strenge Hand mit allen. Es herrschte Ordnung. Wenn einer vom anderen etwas stahl, und sei es auch nur eine kleine Nadel, wurde ihm das Hemd über

den Kopf gezogen, das Hemd mit Sand gefüllt, und so warfen sie ihn ins Wasser. Streng war Stepan Timofejewitsch, o ja, sehr streng!
Aber er hatte ein gutes Herz. Ein Bursche liebte einmal ein Mädchen. Die Eltern wollten die Zustimmung zur Hochzeit nicht geben. Die jungen Leute kamen zu Razin und fragten: ›Was sollen wir tun, Stepan Timofejewitsch? Wir können ohneeinander nicht leben.‹ Da nahm Stepan sie bei der Hand und führte sie im Kreis um eine Birke. ›Jetzt seid ihr Frau und Mann‹, sagte er. ›Die Liebe ist wichtiger als alles andere. Für die Liebe gibt es kein Gesetz.‹
Gut lebten sie unter Stepan! Aber es währte nicht lange.
Stepans Seele litt für alle Menschen in Rußland. Er wollte mit einem Heer nach Moskau ziehen und Unrecht und Betrug aus dem Kreml vertreiben.
Er kämpfte, er kämpfte mit dem Unrecht, aber es überwand ihn, das Unrecht umfing ihn, und lügnerisch, wie es war, wurde es ihm zur Falle.
Und der tapfere Bursche wurde gefangengenommen! Sie fesselten seine weißen Hände, schleiften ihn ins steinerne Moskau. Und auf dem berühmten Roten Platz schlugen sie seinen prächtigen Kopf ab!«
Der Zottelige stöhnte auf, als spürte er selbst den Schmerz. »Ach, warum nur, warum ist er nach Moskau gegangen!« klagte er. »Er hätte hierbleiben und herrschen sollen. Dann hätte es zwei Rußlands gegeben: ein freies Rußland hier und ein unterjochtes Rußland dort.«
»Es gibt nur ein Rußland«, sagte der Schmied streng. »Rußland zu teilen ist so, als risse man einen Menschen in

Stücke: er wird daran sterben. Und wie soll es ohne Moskau gehen? Moskau ist der Kopf von allem. Wie soll ein Mensch ohne Kopf leben? Nein, er hat es schon alles ganz richtig beurteilt, der Razin, nur ist er selbst dabei draufgegangen. So einen wie Stenka hat es in Rußland nicht noch mal gegeben und wird es nicht wieder geben. Er war einzigartig!«

»Man erzählt, er hat mit dem Teufel einen Pakt geschlossen«, sagte der Zottelige, während er in der Kohlenglut stocherte.

»Dummes Geschwätz! Er war ein Rechtgläubiger! Er war einfach ein ungewöhnlicher Mensch!« sagte der Schmied. »Kein Schuß konnte ihm etwas anhaben, die Kugeln flogen einfach an ihm vorbei. Er nahm ein Stück Filz, setzte sich darauf und flog zum Don, dann setzte er sich wieder darauf und schwamm damit über die Wolga. Er wurde ins Gefängnis gesperrt, da nahm er ein Stück Kohle und zeichnete ein Boot an die Wand. Er bat um Wasser zum Trinken, verspritzte etwas davon – da entstand ein Fluß. Er setzte sich in das Boot, rief die Kameraden herbei – und schon segelte Stenka davon. So einer war er! Im Feuer verbrannte er nicht, im Wasser ertrank er nicht. Nichts konnte ihn umbringen.

Es wird auch erzählt, er sei gar nicht gestorben. Er würde zurückkommen, man müsse ihm nur Zeit lassen. Er wird wieder vom Don kommen, heißt es. Das Unrecht wird er aus dem Kreml vertreiben. Die Wahrheit wird er auf den Thron setzen. Ganz Rußland wird er die Freiheit schenken. Seinen Schatz wird er ausgraben und an die Armen verteilen … Die Schätze von Stenka Razin lassen sich von

den Leuten nicht holen«, lachte der Schmied. »Ich hab selbst gesehen, wie sie in die Erde verschwunden sind. Sie warten wohl auf ihren Besitzer …«
»Aber ich glaube nicht daran! Das sind doch alles Wundermärchen! Lügen! Das glaube ich nicht!« sagte der Rotwangige.
»Ach du, Tulaer Pfefferkuchen!« ärgerte sich der Schmied. »Er glaubt es nicht! Wunder gibt es viele auf der Welt!« empörte er sich. »Angeblich verbreitet ein Kamel im Astrachaner Land die Cholera, es posaunt aus, daß das Ende der Welt nahe ist.«
»Ich glaube es nicht! Das sind doch alles Ammenmärchen!« schrie der rotwangige Kerl darauf.
»Wunder …«, sagte der dunkelblonde Erem im Selbstgespräch, der neben dem Ofen saß und nachdachte.
»Sie erzählen auch, daß die Tochter von Khan Mamaj nachts auf ihrem goldenen Pferd durch die Steppe reitet und ihren Bräutigam sucht. Wen sie dann trifft, den zieht sie zu sich in die Tiefe«, sagte der Schmied.
»Ach, das glaube ich nicht! Bei Gott, ich glaub es nicht!« schrie der Rotwangige.
»Aber dann erzählen sie auch, daß die Fischer in diesem Sommer mit den Netzen eine kleine Nixe aus der Achtuba gefangen haben.«
»Nichts davon glaube ich!« Der Rotwangige weinte fast, als würde er gefoltert.
»Andrej!« rief der Schmied dem Zotteligen zu, »sag, ist das die Wahrheit oder nicht?«
»Jawohl«, sagte der Zottelige und sah Katerina an.
Katerina stand auf, ging zu Hanna hinüber, richtete die

Decke und stopfte sie fester. Dann wandte sie sich zum Fenster und lauschte bang hinaus.

»Es heißt, die Nixe hat es dir angetan?« Der Schmied sah den Zotteligen forschend an.

»Was?« fragte der Zottelige abwesend mit einem bezauberten Blick auf Katja.

»Dem hat es eine andere angetan!« lachten alle.

Katerina trat zu dem Zotteligen, umarmte ihn und sagte fest:

»Ihn geb ich niemandem ab! Als wir uns gestern gesehen haben, wußten wir beide, daß es für immer ist!«

»Das glaube ich!« kicherte der Rotwangige unvermittelt. »Das glaube ich nun!«

Katerina lachte glücklich.

Der Zottelige schaute sie wie betört an.

14

Durch Fieber und Dunst sah Hanna, daß ein Bauer hereingelaufen kam und schrie:

»Ljoschka Orljaks Bande ist im Dorf! Sie kommen hierhergeritten!«

Die Bauern sprangen auf und stürzten zur Tür.

Da flog die Tür auf – der Ataman stand auf der Schwelle.

Katerina erbleichte. Bewaffnete Männer traten ein.

»Aljoscha?« Katerina sah den Ataman fragend an und stellte sich schützend vor den zotteligen Burschen. »Warum bist du gekommen? Ich habe dich doch gebeten, nicht mehr zu kommen.«

»Ich will dich holen. Mach dich fertig. Die Hunde sind uns auf den Fersen. Wir gehen ans Meer, ans Kaspische Meer ...«

»Nein«, sagte Katerina leise. »Ich komme nicht mit.«

»Warum kommst du nicht mit?«

»Ich liebe einen anderen, mein Herzchen.«

»So ...« Das hatte der Ataman nicht erwartet. »Andere Zeiten, andere Liebe? Gestern hast du mich noch geliebt.«

»Daran ist nicht die Zeit schuld, sondern das Herz.«

Der Ataman stieß Katerina zur Seite und erblickte den Zottelhaarigen.

»In einen Habenichts hast du dich verliebt?«

»Mir ist es gleich, ob einer viel hat oder nichts, nur meinem Herz muß er lieb sein.«

Der Ataman zog sein Stutzgewehr.

»Ich bitte dich im Guten, Katja: laß uns gehen! Du weißt doch, daß du meine einzige Liebe bist!«

»Nein, mein Lieber.« Sie schüttelte den Kopf.

»Nein?«

Sie kam nicht mehr dazu zu antworten, der Ataman schoß ihr mitten ins Herz.

Er sah den Zotteligen an. Der stand bleich da und rührte sich nicht. Der Ataman schrie:

»Los, fort hier!« und ging hinaus.

15

Die bewaffneten Männer liefen in der Teestube umher.
»Semjon!« schrie einer einem anderen zu. »Nimm du den Wodka!«
»Hol das Mädchen, Stepan!«
Hannas Haare waren über das Kopfkissen gebreitet, ihr Gesicht sah man nicht. Sie hoben sie in die Decke eingewickelt auf und schleppten sie hinaus.
»Setz ihnen den roten Hahn aufs Dach!«
Das Dorf stand in Flammen. Die Pferde sprengten in vollem Galopp. Hanna lag in ihre Decke gewickelt auf dem Karren. Sie lag da und schaute: Ihr war, als tobe das Feuer in ihr, als stürzten dort die Balken und stünden Menschen in Flammen.
»Du brauchst doch nur deinen Wodka, Stepan.«
»Und du nur die Mädchen, Semjon.«
»Wodka und Mädchen – etwas Süßeres gibt's nicht auf der Welt.«
»Nein, fürwahr.«
»Sag mir, was? Das ist doch …«
Die Banditen zechten im Wald. Am Feuer saßen sie und tranken. Sie begutachteten die Beute, die sie geraubt hatten. Stepan probierte einen Ring an.
»Ach, zum letzten Mal wandeln wir auf der Heimaterde, Jungs!«
Der Ataman saß allein hinter einem Baumstumpf. Er trank Wasser aus einem Krug und aß nichts. Er war in Gedanken versunken.

Semjon trat zu ihm.
»Ataman! Die Burschen haben eine Trophäe mitgebracht, sie lassen dich rufen.«
»Was für eine Trophäe?«
»Ein Weib. Oder eher ein Mädchen. Die Burschen werden ungeduldig. Komm und koste sie, wir sind nach dir dran. Wenn du das Feld bestellt hast.«
»Ohne mich«, sagte der Ataman aufbrausend.

16

»Bring sie her, Stepan«, befahl Semjon.
Stepan brachte Hanna, die in die Decke gewickelt war. Er legte sie auf den Schnee. Wickelte sie aus. Erschrocken blickte Hanna aus den Lumpen auf.
»Ach, ein kleines Mädchen ist das doch!«
»Klein oder nicht klein, sie hat doch dasselbe …«, sagte Semjon.
»Aber das ist das Dorftrottelchen. Sie ist so arm.« Der Bursche hatte Zweifel. »Das ist eine Sünde.«
»In der Hölle müssen wir so oder so schmoren«, antwortete Semjon. »Und was macht es, daß sie arm ist? Die Armen haben uns das ganze Leben genommen … Reiß sie aus mit Stumpf und Stiel! Nehmt sie, Jungs! Ich bin zuerst dran!«
Von allen Seiten stürzten sie sich auf Hanna. Hanna versuchte, sich loszureißen, sie schlug Semjon ins Gesicht und biß. Die Burschen hielten sie an Armen und Beinen fest. Wie in den Schnee gekreuzigt lag sie da.
»Los, Semjon, fang an …«

Plötzlich ertönte ein Schuß.
Ein Mann kam herbeigelaufen.
»Der Ataman hat sich erschossen!«

17

Der Ataman saß da, den Kopf an den Baumstumpf gedrückt.
»Wegen Katja…« Semjon spuckte aus. »Wegen eines Weibes hat er uns verraten!«
Der Wächter rannte herbei:
»Achtung! Die Hunde kommen!«
»Auf die Pferde!« befahl Semjon.

18

Die Pferde setzten über Hanna hinweg. Dann kamen andere Pferde angesprengt, Leute in Uniform saßen darauf, sie wendeten am Feuer um und galoppierten den Schüssen hinterher.
Hanna bemerkten sie nicht.

19

Hanna stand auf und stolperte den Leuten hinterher in den Wald, nur mit einem zerrissenen Hemd bekleidet. Sie stürzte in eine Schneewehe, schleppte sich weiter.

Sie kam auf eine Lichtung. Der Mond erhellte alles ringsum. Plötzlich erblickte sie Stepans abgehackte Hand, mit den Ringen. Ein kleines Stück weiter entdeckte sie den toten Semjon. Er lag neben Stepan, die Arme um einen Mann in Uniform geklammert. Hier und dort lagen Leichen durcheinander. Sie sah das Gesicht des Enkawedelers mit der Narbe. Um ihn herum war der Schnee schwarz vom Blut.
Wimmernd vor Grauen und Angst, lief Hanna über die Lichtung.
So ging sie weiter, immer wieder im Schnee versinkend. Von Baum zu Baum. An einer dichten Tanne setzte sich hin, um auszuruhen. Sie saß da und zitterte. Sie schloß die Augen. Und ohne es zu merken schlief sie ein.

20

Hanna hatte einen Traum oder ein Gesicht.
Hanna sah eine leuchtende Wolke, die über der Erde schwebte. Und auf dieser Wolke oder Schneewehe stand eine Frau mit einem außerordentlich schönen Gesicht. Hanna kannte das Gesicht, es war ihr vertraut. Sie hatte das Gesicht auf der kleinen Ikone von Tante Charyta gesehen.
»Muttergottes …«, flüsterte Hanna.
Die Muttergottes nickte leicht und lächelte.
»Du hast viel gelitten«, sagte sie leise.
Sie hatte die Stimme von Tante Charyta.
»Was soll ich tun?« fragte Hanna aufgeregt.

»Geh und heile die Leute. Die Flüsse werden auftauen, dann fahre über das Wasser zu anderen Menschen.«
»Auch um sie zu heilen?«
»Das wirst du erfahren.«
»Aber vielleicht bin ich tot?«
»Du stirbst nicht! Geh!« Damit löste sich das Bild der Muttergottes auf. Nur eine Wolke leuchtete silbern.

21

Hanna öffnete die Augen und blinzelte. Die Sonne brannte auf den Schnee nieder und blendete sie.
Es war heller Tag. Rings um Hanna schmolz der Schnee. Sie stand auf, tat einen Schritt mit ihren bloßen Füßen – unter den Füßen quietschte es. Hanna schaute zu Boden: Zischend schmolz der Schnee um ihre Füße. Sie machte noch einen Schritt: Der Schnee taute unter ihrem Fuß.

22

In ihrem zerrissenen weißen Hemd, barfuß, mit offenen Haaren kam sie ins Dorf.
»Haa, die Dumme! Die Dumme!« schrien die kleinen Jungen wie üblich.
Um Hanna lag ein helles Leuchten. Die Jungen schwiegen und wichen zur Seite.
Hanna betrat die leere Kirche – alle Kerzen entzündeten sich von selbst.

»Hanna ist eine Heilige! Eine Heilige!« flüsterten alle ringsum.
Sie brachten einen Bettler zu ihr. Er war blind, über und über mit Schorf bedeckt.
»Wo ist die Heilige? Sie soll mich berühren!« bat er.
Hanna berührte ihn – die Schorfkrusten fielen ab, das Weiß kehrte in die dunkelblauen Augäpfel zurück.
»Ich sehe! Ich kann sehen!« rief der Bettler.
»Ein Wunder! Ein Wunder!« Alle fielen auf die Knie.

23

Es wurde Frühling. Hanna saß unter einem mächtigen Baum.
Eine lange Reihe von Menschen zog zu dem Baum, der ganze Weg war voll mit Menschen und Fuhrwerken.
Aus der ganzen Welt kamen die Leute zu Hanna, um sich heilen zu lassen.
»Aus der ganzen Welt kommen die Leute zu ihr«, sagten die Leute, die anstanden.
»Sie ist die einzige auf der Welt, es gibt keine zweite wie sie!«
Sie standen und warteten darauf, daß sie an die Reihe kamen. Blinde und Taube, Lahme und Aussätzige.

24

Ein Lahmer auf Krücken stand vor Hanna.
»Tochter, rette mich. Ich bin ganz allein, meine Frau ist gestorben. Wie soll ich ohne Frau und ohne Beine leben? Sag mir?«
Hanna rieb eine Salbe auf sein Bein, flüsterte etwas, klopfte mit der Handfläche leicht darauf. Dann nahm sie ihm die Krücke aus der Hand und trat zurück.
Der Alte stand eine Weile da, dann ging er los wie ein kleines Kind: erst ein Schritt, dann noch ein Schritt …
»Gehe ich wirklich?«
»Und jetzt tanz!« riefen ihm Leute in der Menge zu.
Er ging in die Hocke und tanzte einen Kasatschok. Die Leute klatschten in die Hände dazu.
»Hoho, Großväterchen, du wirst dir noch ein junges Mädchen holen!«

25

Eine Frau wurde herangeführt. Sie schlug um sich, Schaum stand ihr vor dem Mund. Sie wollte nicht laufen, sträubte sich dagegen.
»Die Teufel haben sich in ihr eingenistet«, erklärte die Mutter. »Nachts schreien sie in verschiedenen Stimmen. Hilf!«
Hanna trat auf die Frau zu. Sie schrie besessen in verschiedenen Stimmen. Sie heulte wie ein Wolf, sie bellte wie ein Hund. Hanna stellte sich vor sie. Sie begann, die

Bewegungen der Besessenen nachzuahmen. Wenn diese die Hände hob, streckte auch Hanna ihre Hände in die Höhe. Die Frau drehte sich im Kreis, Hanna drehte sich auch. Immer schneller drehte sich die Besessene. Plötzlich knickten ihre Beine ein,und sie stürzte zu Boden. Ihr Körper zuckte und zitterte. Hanna stand über dem Körper. Es sah aus, als zöge sie etwas aus ihm heraus, einen Stachel oder eine Wurzel. Sie zog es ganz heraus, dann setzte sie sich erschöpft hin, wischte sich die feuchte Stirn und lächelte.

Die Frau erhob sich vom Boden, ging zu ihrer Mutter und sagte zu ihr, als sei nichts geschehen:

»Mama, was machen wir hier? Komm, wir gehen nach Hause.«

26

Ein Vater kam angelaufen:

»Meine Tochter liegt im Sterben! Sie glüht, sie verbrennt wie eine Kerze!«

Hanna folgte dem Vater des Mädchens.

Das Mädchen lag zu Hause und fieberte:

»Gib mir das rote Blümchen, Papa! Bitte, gib es mir! Gib es mir, ich bitte dich, gib es mir, Papa!«

Hanna gab ihr aus einer kleinen Flasche zu trinken, die sie mitgebracht hatte. Sie setzte sich neben sie und schloß die Augen. Das Mädchen erwachte.

»Papa, ich habe gerade von dir geträumt …«

27

Hanna kehrte zurück. Der Sarg eines Jungen wurde vorbeigetragen. Der Zug blieb neben Hanna stehen.
Die Mutter warf sich Hanna zu Füßen:
»Erwecke ihn wieder zum Leben!« In ihren Augen lagen Flehen und Glaube. »Gib ihm das Leben wieder!«
Hanna schüttelte den Kopf. Nein!
»Du kannst doch alles! Gib mir den Sohn wieder!«
Nein! Hanna schüttelte den Kopf. Sie ging davon und weinte. Sie ging durch die Menge der Kranken und weinte laut.

28

Ein Blinder, der eben sehend geworden war, fragte Hanna:
»Ist das der Himmel?«
Hanna nickte lächelnd.
»Ist das ein Baum?«
Hanna nickte.
»Ist das die Sonne?«
Hanna kam nicht dazu, ihm zu antworten. Jemand wurde auf einer Bahre zu ihr gebracht.
»Laßt mich durch! Laßt mich sofort zu ihr durch!« sagte eine Stimme von der Bahre.
Hanna krümmte sich angstvoll. Auf der Bahre lag Traktorina Petrovna und schaute Hanna an.
»Hanna? Ich traue meinen Augen nicht! Du?! Heile

mich … Du hast mich zum Krüppel gemacht, jetzt heile mich!« befahl sie.
Hanna wich zurück, drehte sich um und lief hinter den Baum. Dort blieb sie keuchend stehen. Sie bekam kaum Luft, konnte sich gar nicht beruhigen.
Der Blinde, der wieder sehend geworden war, kam zu Hanna und fragte:
»Willst du sie nicht heilen?«
»Nein.« Hanna schüttelte den Kopf.
»Soll ich sie wegjagen? Sag's mir, ich jage sie fort.«
»Nein.« Hanna schüttelte den Kopf. Sie überlegte. Dann faßte sie einen Entschluß. Sie ging hin.
Sie trat auf Traktorina Petrovna zu, drehte sie um, tastete ihre Wirbel ab.
»Das tut weh!« schrie Traktorina Petrovna. »Das tut weh! Ich kann das nicht aushalten, Hanna!«
Hanna trat zurück, mit einem Blick befahl sie Traktorina Petrovna aufzustehen.
Traktorina Petrovna stand auf wie verzaubert und trat auf Hanna zu.
Sie standen da und schauten einander an.
»Dann bist du also eine … Heilige?« sagte Traktorina Petrovna. »Ich habe doch immer gewußt, daß es mit dir kein gutes Ende nehmen wird.«

29

Im Morgendämmer erscholl ein Dröhnen vom Fluß her. Das Eis brach.

Hanna wachte auf und horchte. Sie hüllte sich in ihr Tuch und lief hinaus.

»Wohin geht sie?« fragte ein Kranker.

»Sie hat etwas vernommen«, antwortete eine Alte.

Hanna lief am Ufer entlang. Sie lief dorthin, wo Marat damals das Floß versteckt hatte.

Sie räumte die Blätter und Steine beiseite. Dabei wurde sie ganz schmutzig. Sie zog das Floß hervor.

Sie schaute auf den Fluß. Riesige Eisschollen drängten sich darauf und stießen aneinander.

30

An einem hellen sonnigen Tag gab das ganze Dorf Hanna zum Abschied das Geleit.

Die Männer trugen das Floß ans Wasser. Sie setzten Hanna aufs Floß und stießen es vom Ufer ab.

Auf der Uferböschung standen die Leute und schauten.

»Warum fährt sie fort von uns?« fragte ein Bursche eine Alte.

»Gott hat es ihr befohlen«, sagte die Alte.

»Und was hat er ihr gesagt?«

»Er hat ihr gesagt: Fahre fort übers Wasser.«

Das Floß war schon in der Mitte des Flusses. Hanna machte vor allen eine tiefe Verbeugung.

Die Leute am Ufer verneigten sich auch vor ihr. Frauen, Männer, Kinder.

»Fahre fort übers Wasser«, wiederholte der Bursche.

VIERTER TEIL

1

Quietsch.
Quietsch.
Quietsch-quietsch …
Quietsch.
Quietsch.
Quietsch-quietsch …
Die Schaukel quietscht und schwingt immer höher.
Ich liege auf dem Dach und betrachte Nadjka.
Ich schaue ihr direkt in die Augen.
»Nadjka! Woher bist du gekommen?« sage ich zu ihr. »Woher bist du übers Wasser zu uns gekommen? Warum? Wir haben doch ohne dich gelebt, woher bist du plötzlich aufgetaucht, Nadjka?«
Ihr selbstvergessenes Gesicht schwebt einen Augenblick lang genau neben meinem.
Sie schweigt.
Seit anderthalb Jahren bin ich jetzt schon der Bruder einer Närrin, die auf einem Floß angetrieben ist.
In jenem Frühling gab es ein starkes Hochwasser. Ich saß damals an der Achtuba und angelte, und ich sah, daß ein Floß über den Fluß trieb, und auf dem Floß war ein so schönes Mädchen, und ich winkte ihr, sie kam zu mir getrieben und stieg ans Ufer und schaute zu, wie ich angelte. Wie heißt du? Sie schwieg. Ich nahm die Angel und ging davon, sie ging hinter mir her. Vater und Mutter waren bei den Gemüsebeeten und setzten Möhren. »Hier ist ein

Mädchen«, sagte ich, »sie ist auf einem Floß gekommen und geht nicht von mir weg.«
Die Mutter sank langsam auf die Knie, direkt aufs Beet. »Nadjka!« sagte sie. »O Gott«, sagte der Vater. »O Gott.«
Das war ihre Sünde, die da angekommen war: Irgendwann vor langer Zeit, dreizehn Jahre war es her, hatten sie eine Tochter bekommen, meine Schwester Nadjka, ein schwachsinniges Mädchen, eine Närrin, das war eine Schande in dem Militärstädtchen, vor den Offizieren und ihren Frauen, und mein Papa war der Dienstälteste. Vater und Mutter legten das kleine Mädchen in eine Wiege – Mama weinte, als sie das erzählte – auf ein himbeerrotes Kissen, die Wiege stellten sie auf ein Floß, und so schickten sie sie den Fluß, die Achtuba, hinunter, fort aus ihren Augen. Nadjka war irgendwo aufgewachsen und jetzt zurückgekommen. So hatte ich auf einmal eine Schwester, die ich nie gehabt hatte.
Alle lachten sie aus, aber ich liebte sie mehr als mein Leben, sie war besser als alle anderen, auch wenn sie eine Närrin war. »Sie ist besser als ihr alle!« sagte ich, »viel besser!«
»Nadjka!« sage ich und schneide ihr eine Grimasse.
»Marat!« ruft der Vater, der gerade vom Auto aufschaut. »Hör auf, Nadjka zu ärgern! Sie fällt sonst runter!«
»Marat! Halt die Schaukel an!« ruft die Mutter. »Sie darf nicht so hoch ...«
Ich rutsche vom Dach hinunter und bringe die Schaukel zum Stehen.
Nadjka steht langsam auf. Sie geht schwankend, hält mit den Händen ihren großen runden Bauch.

Mama betrachtet Nadjka traurig, dann wendet sie sich ab, bedeckt das Gesicht mit ihrem Ärmel und weint. Unsere Nadjka ist schwanger.

2

Meine Schwester Nadjka ist von Pappelsamen schwanger geworden.
Damals flog der Flaum wie Schnee, von Süden wehte ein heißer Wind, und es war heiß, und ein weißer Wirbelwind erhob sich, der Flaum blieb an der schweißnassen Haut kleben, und alles juckte, und dieser Südwind blähte sie auf. Der Wind hatte Nadjka aufgebläht, und im Herbst begann sich ihr Bauch zu wölben wie ein Luftballon, den man mit der Fahrradpumpe aufpumpt. Ich wollte dabei zuschauen.
»Nadjka, zieh dich aus!« schrie ich, als wir allein zu Hause waren, ich schrie es ihr direkt ins Gesicht, obwohl sie taub war, vollkommen taub, kein Tönchen konnte sie hören. »Du taube Nuß! Zieh dich aus! Du Blöde!« schrie ich sie an, und sie lächelte ihr blödes Lächeln, das einen dazu brachte, daß man den Kopf in die Scheiße stecken und losbrüllen wollte – und ich gab ihr einen schmerzhaften Puff, ich schubste sie zur Tür, und dann zerrte ich sie an der Hand über die herbstlich feuchten Gartenpfade und stieß sie in den Bretterverschlag mit der Sommerdusche und verschloß die Tür mit dem rostigen Haken.
Drinnen roch es nach Urin. Nadjka erinnerte sich, daß wir uns im Sommer hier gewaschen hatten und daß man sich

ausziehen mußte, und sie fing an, sich langsam auszuziehen, hängte ihre grüne Wolljacke an einen Nagel, ihren dunkelroten Flanellkittel, die dunkelblaue Männerturnhose, ich schaute zu, die rosafarbene flauschige Strumpfhose, die Strumpfhose rutschte von dem Nagel und groß, rosig, fast wie lebendig, fiel sie in den Schmutz, sie bückte sich und hob sie auf, behutsam schüttelte sie sie aus, glättete sie, hängte sie wieder auf, ich schaute zu, die schwarze glänzende Männerunterhose, die sie von mir übernommen hatte, sie war mir noch vertraut, es war, als sei es ein Teil von mir, der sich so seltsam schwarz abhob, vor dem rosigen, weichen, flauschigen …

Sie stand fröstelnd da und schaute zu dem grauen Quadrat des Himmels hinauf – aus dem Himmel kam eine Dusche, herbstlich, nieselig, kühl, unendlich – hinter den grauen Wolken flogen unsichtbare Vögel – kurli-kurli –, und ich schaute auf den gebräunten, ledernen, runden, riesigen Ball von Nadjkas Bauch mit dem gemusterten Abdruck vom Hosengummi, mit jedem Tag wurde der Ball größer und größer, und ich hatte die ganze Zeit Angst, ich hatte Angst, die gespannte Haut würde es nicht aushalten und platzen, aber er wuchs immer weiter, dieser Ball, und ich wartete insgeheim darauf, daß einmal, eines Tages dieser seltsame Luftball in ihrem Innern Nadjka, meine Schwester, in die Luft hinaufsteigen lassen würde, nach oben, dorthin, von wo der Regen kommt, wo das Kurli-kurli tönt, und da würde sie über unserer grauen traurigen Militärstadt hängen und am Himmel liegen wie ein Luftschiff oder wie die Sonne, und von dort, vom Himmel würde sie ihr blödes gedanken-

loses Lächeln lächeln, das einen zum Rasen bringen konnte. Und dann würden vielleicht Wärme und Glück auf der Welt einkehren.
Unter dem runden Bauch hatte sie goldene Haare.
»Zieh dich an«, sagte ich.
Sie schaute hinauf, in den Regen, und sie hörte mich nicht und die Vögel auch nicht.
»Zieh dich an!« brüllte ich. Ich klopfte ihr auf den Rükken, die Schulterblätter standen aus dem Rücken vor wie spitze Flügel, sie hatte eine Gänsehaut.
Sie drehte sich um, und ich hielt ihr die schwarze Kunstseidenunterhose hin und dehnte den Gummibund. Sie verstand und stieg hinein.
»Prima!« sagte ich zu ihr, als könnte sie mich hören.
Immerzu erwarte ich etwas von ihr. Jeden Tag warte ich darauf, daß sie mich plötzlich hört oder daß sie sprechen kann oder daß sie aufhört, blöde zu sein. Immer kommt es mir so vor, als ob sie jetzt, jetzt gleich … oder morgen … Das kommt daher, daß ich Nadjkas gute, schöne Seele so sehr spüre, über die aus irgendeinem Grund ein dumpfer, stummer, tauber Körper gestülpt worden ist, als sei sie in ein Gefängnis gesteckt worden, in dem es keinen Laut und keinen Ton gibt.
Ich warte immer noch, daß Nadjka ihre schöne Seele zur Welt bringt und daß diese Seele stark, glatthäutig, rauschend und grün sein wird wie die Pappel, von deren Samen sie schwanger geworden ist.

3

»Komm, wir gehn in den Bunker«, sagte ich zu Nadjka, als wir die Dusche verließen.

Ich ging mit ihr tief in den Garten hinein. Dort ist ein Schutzbunker gegen die Atombombe. Papa und ich hatten ihn vor zwei Wochen ausgehoben. Papa hatte mit einem großen Spaten gegraben, und mir hatte er seine Pionierschaufel gegeben. Es war Sonntag. In allen anderen Höfen gruben sie auch. Alle erwarteten einen Atomkrieg. Man plauderte über den Zaun mit den Nachbarn. Man redete von Kuba, den Raketen auf Kuba, über Kennedy und Chruschtschow, über Amerika, den Raketenangriff, darüber, wer den ersten Schlag ausführen würde – sie oder wir. Wir lebten in der Raketenstadt Kapustin Jar, und alle rechneten damit, daß die amerikanischen Raketen in erster Linie unsere Militärstadt treffen würden.

»Ach, der Chruschtschow wird's schon soweit kriegen. Amerika wird uns angreifen, so wahr ich hier stehe, sie werden uns einen Schlag verpassen!« sagte Onkel Borja Zinyzin, unser Nachbar zur Linken.

»Sie werden Angst kriegen«, sagte Papa. »Wir greifen sie dann doch auch an!«

»Das ist dann der Weltuntergang!« sagte Tante Mascha, unsere Nachbarin zur Rechten, leise und überzeugt. Sie hatte keinen Mann und grub an dem Bunker mit ihrer sechsjährigen Tochter. »In den alten Büchern steht geschrieben: Niemand wird sich davor retten.«

»Warum gräbst du dann?« fragte Onkel Borja.

»Wegen meiner Tochter«, antwortete Tante Mascha und

sagte voller Hoffnung: »Vielleicht wird sie doch gerettet?«
Wir gruben eine Grube und legten Latten darauf, auf die Latten warfen wir Erde.
»Wenn sie angreifen, hilft das auch nichts«, sagte der Vater.
Es wurde ein toller Unterstand.
Die anderen Jungen und ich versteckten uns darin und spielten Krieg. Papa erzählte, daß Leute im Krieg in solchen Unterständen lebten.
Nadjka und ich krochen in den Unterstand und setzten uns auf die Bank. Es war dunkel, aber nicht ganz. Durch das Dach war Erde hereingerieselt, und durch die Latten sah man den Himmel. Regen sickerte in den Bunker.
»Das ist ein Bunker der Bürgerwehr«, sagte ich in wichtigem Ton zu Nadjka. »Bald fängt ein Atomkrieg an.«
Es wirkte, als hörte Nadjka mir zu.
»Hier verstecken wir uns, wenn die Atombombe auf uns fällt.«
Nadjka hörte zu.
»Die Atombombe schlägt lautlos ein.« Ich erzählte ihr, was ich in der Schule in den Wehrkundestunden gelernt hatte. »Wir erkennen sie an einem grellen, blendenden Aufflammen. Den Feuerball darf man nicht anschauen, davon kann man blind werden. Man muß dem Feuerball den Rücken zuwenden und sich mit dem Gesicht nach unten flach auf den Boden legen. Dann verspürt man die Wirkung der warmen Strahlung, anschließend die Auswirkungen der Explosionswellen, und zuletzt hört man den Knall der Explosion, der sich wie ein Donnerschlag anhört.«

Nadjka krümmte sich zusammen. Auch mir wurde angst.
»Hab keine Angst«, sagte ich. »Wir werden das nicht sehen. Du und ich, wir werden hier im Bunker sitzen.«
Es regnete stärker durch das Dach, und kalte Tropfen fielen uns auf den Kopf.
»Wir müssen mindestens eine Minute hier sitzen bleiben, um nicht den Gammastrahlen ausgesetzt zu sein.«
Ich schwieg und begann eine Minute abzuzählen.
Nadjka saß da und zitterte.
Es tropfte.
Plötzlich hatte ich das Gefühl, daß der Krieg kam und wir wirklich im Bunker saßen, um uns vor der Bombe zu verstecken.
»Gehen wir«, sagte ich und stand auf. »Jetzt sind wir möglicherweise radioaktiver Strahlung ausgesetzt. Aber vielleicht bemerken wir es auch gar nicht. Eine Strahlendosis bemerken wir vor allem daran, daß wir erbrechen.«
Ich nahm Nadjka an der Hand.
»Wenn ein Mensch eine Stunde nach der Explosion erbricht, dann ist das ein schlechtes Zeichen. Es heißt, daß er eine tödliche Strahlendosis abbekommen hat. Wenn das Erbrechen erst nach mehreren Stunden einsetzt …«
Ich kam nicht dazu, zu Ende zu sprechen.
Nadjka beugte sich plötzlich vornüber, legte die Hand vor den Mund und erbrach sich.
Und dann noch einmal und noch einmal.
»Was ist los, Nadjka? Was hast du?«
Ich zerrte sie nach Hause, zog sie über die herbstlichen Gartenpfade, aber sie blieb immer wieder stehen und krümmte sich. Immer wieder mußte sie würgen.

Wir liefen ins Haus.
»Mama! Mama!« rief ich.
Mama kam aus der Küche gelaufen.
»Was ist passiert?«
»Nadjka ist schlecht!« sagte ich. »Sie erbricht!«
Mit grünlich-blassem, gequältem Gesicht stand Nadjka vor der Mutter, dann krümmte sie sich zusammen, und ihr wurde wieder schlecht.
»Toxikose«, sagte Mama.
Sie führte Nadjka ins Zimmer.

4

»Es fängt sicher bald an«, sagte Mama eine Woche später zum Vater.
Er stand in der Uniform auf der Schwelle, schickte sich an, auf den Geschützstand zu gehen, wo er in einem Raketenschacht arbeitete. Streng, ohne ein Lächeln schaute er uns an, als wollte er sich verabschieden.
Mama trat auf ihn zu, strich ihm mit der Hand übers Gesicht, und dann warf sie sich plötzlich weinend an seine Brust. Er umarmte sie fest und zärtlich, dann faßte er sie um die Taille und schob sie weg, wie ein Glas. Er blickte zufrieden. Er wandte sich zu uns. Nadjka und ich standen vom Tisch auf und gingen zu ihm. Er umarmte und küßte uns.
»Paß auf deine Mutter und deine Schwester auf!« sagte er zu mir.
Plötzlich heulte Nadjka auf wie eine Sirene, ganz tief:

»U-u-uuu!«
Der Vater drehte sich um und ging.
Wir folgten ihm hinaus auf die Straße und schauten ihm lange hinterher.
Es war, als würde er nicht zur Arbeit gebracht, sondern in den Krieg. Nicht für einen Tag sondern für immer.

5

Der Vater kam nicht mehr von der Arbeit nach Hause.
Nach einer Woche rief er Mutter im Rechnungszentrum an und sagte nur zwei Worte:
»Heute nacht.«

6

Am Abend des 28. Oktober 1962 ertönte in der ganzen Stadt die Sirene. Sie hatte auch vorher schon mal nachts geheult, wenn es Probealarm gab.
Aber heute heulte die Sirene im Ernst, als wäre sie lebendig, als heulte ein riesiger Mensch, der so groß war, daß er bis zum Himmel reichte, vor Kummer über die ganze Stadt.
Angestrengt heulte die Sirene, mit tiefer Stimme, wie Nadjka:
»U-u-uuu! U-u-uuu!« – ohne aufzuhören.
Der Atomkrieg hatte angefangen.
Mama, Nadjka und ich liefen aus dem Haus, und wie

früher beim Probealarm liefen wir zu meiner Schule Nummer 232.
Die Straßenlaternen waren ausgeschaltet.
Leute kamen uns entgegen. Soldaten mit zusammengerollten Decken auf dem Rücken liefen im geschlossenen Verband vorbei, setzten sich in einen Lastwagen, Offiziere, die im Laufen ihre Schirmmützen festhielten, liefen zur Wache, wo ein Transporter auf sie wartete.
Eltern liefen mit ihren Kindern, Männer, Frauen, Greise und Greisinnen. Jeder von ihnen mußte wissen, wohin sie liefen, das war alles beim Probealarm eingeübt worden. Aber viele waren verwirrt, sie liefen zum Platz und blieben stehen, dort war es zwar dunkel, aber voller Menschen und deshalb nicht so furchterregend. Jemand mit einem Megaphon bat sie, auseinanderzugehen und sich zu den Betrieben zu begeben, wo sie arbeiteten.
Niemand ging.
Wir schlängelten uns durch die Menge und liefen weiter.
Eltern wurde nicht in die Schule hineingelassen. Die Eltern mußten an ihre Dienststellen gehen und dort alles weitere abwarten.
Am Schultor hörte man lautes Weinen. Das waren die Eltern, die sich von ihren Kindern verabschiedeten.
Wir schickten uns auch an, uns zu verabschieden. Mama weinte nicht. Sie war wie im Fieber. Sie sah Nadjka und mich wie aus großer Ferne mit trockenen, strengen Augen an, als schaute sie uns nicht an, sondern durch uns hindurch, in unsere Seelen hinein. Sie umarmte und küßte erst Nadjka, dann mich. Sie küßte mich auf die Wange, es

fühlte sich an wie eine Verbrennung, so trocken und heiß waren ihre Lippen.
»Mama!« sagte ich.
Nadjka und ich wurden mit den anderen hineingeschoben.

7

In der Turnhalle wurden wir in Pionierreihen aufgestellt, die ganze Pionierfreundschaft. Unsere Pionierleiterin Traktorina Petrovna, eine weißhaarige Alte mit Pionierhalstuch, trat vor und sagte:
»Jetzt fahren wir in die Steppe, so weit wie möglich aus der Stadt hinaus. Heute abend geht das Ultimatum zu Ende, und die Phase Z tritt ein. Zuerst, beim ersten Raketenschlag, sterben diejenigen, die in der Stadt geblieben sind. Wir werden beim zweiten Schlag sterben, aber wir werden auf unserer Seite die einzigen Opfer sein. Unsere Raketen werden weiter angreifen und innerhalb weniger Minuten Amerika vernichten. Ihr, Kinder, werdet Helden wie Pavel Morozov und Volodja Dubinin. Das ganze Land wird unsere Namen kennen. Man wird Legenden über uns erzählen und Lieder singen. Pioniere! Seid bereit zum Kampf für die Sache der Kommunistischen Partei!«
»Immer bereit!« riefen wir.
Wir bekamen Reiseproviant: Zellophanpäckchen mit Schokoladenkonfekt der Marke Riza-See, Waffeln, Gebäck und eine Mandarine, wie zu Neujahr. Vielleicht deshalb, weil sie schon für Neujahr vorbereitet gewesen waren, vielleicht auch weil es das letzte Mal war.

8

Wir faßten uns jeweils zu zweit an der Hand und liefen über die dunklen Straßen zu den Autobussen. Zuerst liefen wir über die Siegesstraße, wo unsere Schule steht. Am Haus der Offiziere vorbei, wo wir mit der ganzen Familie ins Kino oder zu Konzerten gehen. Dann über die Straße der Sowjetischen Armee, vorbei an dem Haus, in dem wir wohnen, dem Haus Nummer acht. Über die Straße der Luftfahrt, vorbei am Dezhurka, dem Geschäft, wo wir Brot holen: Schwarzbrot zu vierzehn Kopeken und Weißbrot zu zwanzig Kopeken das Kilo – zu einem Laib Weißbrot bekommt man meistens noch etwas extra, eine Brotkruste, die Nadjka und ich auf dem Heimweg essen. An der Leninstraße vorbei, über die wir jedes Jahr bei der Parade ziehen. Am 9.-Mai-Prospekt vorbei, wo die Badeanstalt ist, da schlägt der Vater mich im Dampfbad mit einer Rute aus Wermutzweigen, denn in unserer Gegend wachsen keine Birken. Am Park der Soldaten vorbei, da gehen wir Karussellfahren, zwei Flugzeuge drehen sich im Kreis, Nadjka und ich sitzen am Steuer. Während ich lief, nahm ich Abschied von der Stadt. Mein ganzes Leben war das.

9

An der Wache standen die Autobusse. Ich lief schneller, um bei den ersten zu sein, die einstiegen. Nadjka zog ihre Hand aus meiner und blieb stehen. Ich schaute mich um.

Sie stand im goldenen Licht der Scheinwerfer. Schwer atmend hielt sie ihren Bauch. Es sah aus, als hielte sie einen goldenen Ball, als drücke sie ihn an sich, damit er nicht wegflog.

»Hierher! Hierher!« schrie Traktorina Petrovna und winkte uns aus der Tür eines Autobusses mit ihrem roten Halstuch zu.

Nadjka und ich gingen zu dem Bus. Traktorina Petrovna ließ die Kinder einsteigen und prüfte nach, ob sie auf der Liste standen. Als wir an die Reihe kamen, sagte ich:

»Marat Sidorov, Nadezhda Sidorova.«

Sie strich meinen Namen durch, aber Nadjka konnte sie nicht finden.

»Sie steht nicht auf der Liste«, sagte sie. »In welcher Klasse ist sie?«

»Sie geht nicht zur Schule«, sagte ich.

Traktorina Petrovna sah Nadjka erstaunt an.

»Ach ja«, sagte sie eilig. »Man hat mir davon erzählt. Sidorova – das ist die mit dem Down?«

»Selber Down! Blöde! Idiotin!« wollte ich schon sagen, aber ich verkniff es mir.

»Das ist die, die von den Soldaten vergewaltigt worden ist, nicht wahr?« erkundigte sie sich.

Das Blut stieg mir ins Gesicht.

»Nein.«

»Wieso? Das Erziehungsdezernat hat deshalb noch an die Schule geschrieben. Im Winter ist das geistig behinderte Mädchen Nadjka Sidorova im Park der Soldaten von drei Soldaten in den Wasserturm gezerrt und vergewaltigt worden …«

»Niemand hat sie vergewaltigt!« schrie ich.
»Schon gut, schon gut«, lächelte sie boshaft und warf einen betonten Blick auf Nadjkas Bauch. »Was denkst du denn? Hat der Wind sie so aufgeblasen?«
»Lassen Sie uns durch«, sagte ich.
Traktorina Petrovna trat mir in den Weg.
»Nein. Sie fährt nicht mit. Sie steht nicht auf der Liste«, sagte sie böse.
»Was soll das heißen – sie fährt nicht mit?« fragte ich ungläubig. »Sie kommt doch hier um, allein.«
»Solche wie sie sollten schon in den Gebärhäusern vernichtet werden«, sagte Traktorina Petrovna haßerfüllt. »Sie ist kein Mensch! Sie muß hierbleiben ...«
Im Kopf wirbelte mir alles durcheinander, vor den Augen wurde mir schwarz, ich konnte nicht mehr klar denken. Plötzlich, ganz überraschend für mich selbst, bückte ich mich, hob einen Stein vom Boden auf und holte aus, um ihn nach Traktorina Petrovna zu werfen.
Aber da packte jemand von hinten meine Hand.
»Das darfst du nicht, mein Sohn!« hörte ich die Stimme von Tante Manja, unserer Schulkrankenschwester. »Versündige dich nicht!«
»Du Verbrecher! Du Verbrecher!« schrie Traktorina Petrovna. »Du fährst nirgendwohin mit uns!«
»Komm, Traktorina, geh zur Seite«, sagte Manja. »Laß den Jungen in den Autobus und sie auch, den armen Wurm. Du bist nicht mehr im Kinderheim! Wir haben jetzt andere Zeiten!«
Tante Manja ging mit vorgereckter Brust auf Traktorina Petrovna zu.

Traktorina Petrovna wich widerwillig zur Seite. Sie machte sich eine Notiz auf der Liste und ließ Nadjka und mich in den Autobus.
»Du, Marja Bokanjova, bist und bleibst eine Kleinbäuerin!« sagte sie in der Wut zu Tante Manja. »Auch das Gefängnis hat dich nicht besser gemacht!«
»Aber das Grab wird alle besser machen. Dich auch«, sagte Tante Manja gelassen und stieg hinter uns in den Autobus.

10

Nadjka setzte sich neben Tante Manja. Ich saß vorn, allein, neben der Fahrerkabine, damit ich keinen sehen mußte. Mein Gesicht war heiß vor Zorn. In meinen Schläfen klopfte es.
Aber nach und nach beruhigte ich mich.
Ich schaute aus dem Fenster.
Wir fuhren über die endlose Steppe. Der Mond schien. Der Wermut schimmerte silbrig. Es sah aus, als fahre der Autobus über einen riesigen silbernen Teller.
»Ob sie uns wirklich heute töten?« überlegte ich.
Offensichtlich hatte ich es laut gesagt.
»So ein Leid«, sagte Tante Manja. »Sie sind stur wie zwei Widder. Der eine wie der andere. Und die Kinder leiden … Denk nicht daran. Gebe Gott, daß wir es überleben …«
Aber der schreckliche Gedanke an den Tod hatte sich in mir eingenistet und ließ mir keine Ruhe. Ich drehte mich zu Tante Manja um.

»Tante Manja, sag mir, wo komme ich hin, wenn ich sterbe?«
Tante Manja kam nicht dazu zu antworten.
»Nirgendwohin!« sagte Traktorina Petrovna, als wolle sie sich an mir rächen. »Du verwandelst dich in Moleküle!«
Ich schaute geradeaus auf die ausgestorbene, wie mit Quecksilber überzogene Steppe und würgte an meinen Tränen.
Jemand trat von hinten zu mir und streichelte mit der Hand über meinen geschorenen Hinterkopf.
Ich drehte mich um – da stand Nadjka, schaute auf die Steppe, in die silberne Ferne.

11

Der Autobus hielt mitten in der Steppe. Er lud uns aus und fuhr zurück, um die nächsten Klassen zu holen.
Wir gingen in die Steppe hinaus. Es wimmelte von Kindern, die aus den Schulen und Kindergärten hierhergebracht worden waren. In der Dunkelheit hörte man hier und da Lachen, Schreie, Gespräche. Ein Feuer dürften wir nicht anzünden, um dem Feind, der uns von einem Raumschiff aus beobachtete, keinen Anhaltspunkt zu geben. Aber unsere Traktorina Petrovna ließ uns Männertreugras sammeln.
Sie entzündete ein Feuer in der Nacht.
»Soll Amerika uns nur sehen, sollen sie nur ruhig besser auf uns zielen können«, sprach Traktorina Petrovna an

den schwarzen Himmel gerichtet, direkt in die Sternenaugen Amerikas, das auf uns zielte.
Alle setzten sich um das Feuer und sangen kämpferische Lieder der zwanziger Jahre. Traktorina Petrovna hatte uns diese Lieder ihrer Jugend beigebracht. Am Anfang war alles so wie bei einem Ausflug, wenn die Pioniere am Feuer saßen.
Ich saß neben Nadjka und sang nicht mit.
»Vielleicht schlagen die Amerikaner genau jetzt zu«, dachte ich. Das machte mir angst.
Dann begannen wir unseren Proviant aufzuessen, wir knisterten mit dem Zellophan und dem Staniol der Schokoladen, und wir knabberten die Waffeln und die Kekse. Es roch nach Mandarinen. Und auf einmal erinnerten wir uns alle an Neujahr, alle lachten und redeten durcheinander. Ein Mädchen aus dem Kindergarten sang mit dünnem Stimmchen:

Eine Tanne kam im Wald zur Welt,
im Wald wuchs sie heran
Zur Winter- wie zur Sommerzeit
stand sie schlank und grün.

Wir stimmten alle ein.
Dieses Kinderlied sang ich auch mit und blickte voll Hoffnung zum Himmel hinauf. Plötzlich hatte ich das Gefühl, daß sie uns dort in Amerika jetzt sahen, uns und unser Feuer und wie wir jetzt am Feuer saßen und sangen, und daß sie unsere Lieder hörten und einsahen, daß sie uns nicht anzugreifen brauchten. Daß sie es nicht fertigbrin-

gen würden, gegen uns, gegen singende Kinder, einen Raketenschlag auszuführen, daß sie es sich anders überlegen würden …

Die Angst verging.

Der Sternenhimmel war voll runder heller Sterne. Man konnte sich nicht vorstellen, daß von dort der Tod kommen könnte.

Es wird keinen Krieg geben, dachte ich.

Tante Manja hatte angefangen, den Kleinen ein Märchen zu erzählen, das Märchen hatte ein gutes und glückliches Ende, und überwältigt von diesem glücklichen Ende schlief ich lächelnd ein, mit einem Glücksgefühl so silbrig wie das Staniolpapier von den Schokoladenpralinen und die Augen auf die reinen hellen Sterne gerichtet, die in festtäglichen Neujahrsgirlanden am dunkelblauen Himmel hingen wie an einem riesigen Märchentannenbaum.

Plötzlich wachte ich auf, es war stockfinster, und mich durchzuckte grell und schrecklich der Gedanke, daß alles vorbei sei.

Ich war völlig allein. Niemand war mehr in meiner Nähe. Dick wie eine Decke hüllte mich von allen Seiten die Dunkelheit ein. Es war kein Himmel mehr da und keine Sterne. Die Steppe war auch nicht mehr da. Über und unter mir herrschte Dunkelheit.

Und da begriff ich, daß die Welt untergegangen war.

Ich begriff, daß ich die Explosion verschlafen hatte, daß alle tot waren und ich allein übriggeblieben war.

Ich betastete mein Gesicht, meine Arme und Beine, sie waren heil. Ich wußte nicht, ob meine Augen etwas sahen, ich konnte nichts sehen. Aus irgendeinem Grund konnte ich nicht schreien, die Kehle war mir wie zugeschnürt, ich konnte kaum atmen. Dafür war mein Herz riesengroß geworden, es klopfte mir in den Ohren. Es klopfte so laut, daß ich Angst bekam, sie könnten es hören und von oben aus dem Raumschiff auf mich schießen, und ich rannte los, damit sie mich nicht trafen, aber hinter mir lief plötzlich auch etwas los, stürzte mir hinterdrein wie ein Tier, wie ein schreckliches Ungeheuer, das knackend und krachend ächzte und klatschte und mich fast einholte, genau neben mir lief Es her. Ich rannte schneller, aber Es lief wie im Spiel auch immer schneller, immer lauter, immer freudiger klatschend, rasselnd und pfeifend.

Es war, als wäre der Tod persönlich in dieser Stockfinsternis hinter mir her, ich fühlte, daß mir die Haare vor Schreck zu Berge standen, wie von Sinnen schrie ich los und schreiend lief ich vor ihm davon, aus Leibeskräften rannte ich und keuchte, und der Tod rannte auch und blieb nicht zurück, heiser atmete er schon direkt neben mir und rief mich plötzlich mit lauter unmenschlicher Stimme beim Namen, packte mich, warf mich zu Boden …

Ich wälzte mich hysterisch in der Steppe, und Traktorina Petrovna stand über mir:

»Wovor hast du Angst gehabt? Vor mir? Ich habe gehört, wie jemand im Dunkel unruhig wurde wie ein Pferd, deshalb bin ich losgerannt.«

Sie sprach, aber ihr Gesicht war nicht sichtbar. Es war, als spräche die Dunkelheit mit mir.

Mir wurde angst und bange, meine Lippen zuckten, und ich kroch so weit wie möglich von Traktorina fort in die Nacht, die dicht war wie ein Dickicht.

Ich kroch über die Steppe.
Hier und da lagen auf der Steppe Häuflein schlafender Kinder wie Tote. Ich suchte Nadjka.
Sie war nirgendwo.
Ich kroch immer weiter. Ich hatte Angst, mich aufzurichten. Ich kroch wie mein Papa unter dem Kugelhagel an der Front.
Im Dämmer traf ich einen kasachischen Hirten mit einer Schafherde.
Er wußte von nichts.
Ich erzählte ihm alles.
»Was sein soll, soll sein.« Er machte eine gleichgültige Handbewegung, und mit einem Blick auf die mit schlafenden Kindern übersäte Steppe sagte er:
»Wie die Lämmlein liegen sie da.«

12

Ich fand sie nicht weit vom Feuer. Nadjka saß neben Tante Manja und Svetka, der sechsjährigen Tochter unserer Nachbarin Mascha. Zu dritt saßen sie am Schlupfloch einer Zieselmaus. Svetka nahm ihre Schokolade Marke Riza-See aus dem Zellophanpäckchen und legte sie neben das Loch.
Dann nahm sie den Keks und die Mandarine und legte sie auch neben das Loch.
»Warum?« fragte ich.
»Sie sind die einzigen, die nach einem Atomkrieg übrigbleiben«, sagte Svetka. »Nur die Zieselmäuse. Sie über-

leben in ihren Löchern wie in einem Atombunker. Nach dem Krieg kommen sie heraus – und dann finden sie die Schokolade … Gleich greifen sie an«, sagte sie dann wie eine Große. »Genau um vier Uhr.«
Während wir redeten, kamen andere Kinder herbeigekrochen. Sogar Traktorina Petrovna kam, in einen Schal gehüllt, heran. Es war so kalt geworden. Ich fing an zu zittern wie verrückt, mir war schrecklich kalt.
Wir warteten auf das Ende.
Ich stellte mir Mama vor und verabschiedete mich von ihr. Papa war unten, unter der Steppe, unter uns, im Raketenschacht. Ich verabschiedete mich von ihm, indem ich die Wange an die Erde preßte und in die Erde sagte: »Leb wohl, Vater.« Ich rieb die Wange über das stachlige Steppengras wie an Papas Bartstoppeln.
Dann setzte ich mich hin und wartete. Das Warten war das Schlimmste. Es war unmöglich zu warten. Wir alle zitterten am ganzen Körper.
»Ich habe Angst. Ich will nicht sterben«, sagte ein Mädchen. »Ich will nicht, ich will nicht, ich will nicht.«
Und auf einmal fingen alle Kleinen an zu weinen. Sie weinten direkt zum Himmel hinauf, sie heulten, daß es einem das Herz zerriß.
Und da sagte ich zu Nadjka:
»Nadjka! Tu etwas!«
Ich weiß nicht, warum ich das sagte, ich sagte es einfach so. Ich zitterte, und ich sagte:
»Nadjka, tu etwas!« Das sagte ich.
Nadjka schaute mich an. Sie schaute ganz verständig und klar, als hätte sie mich gehört.

Dann stand sie auf. Sie stand zusammengekrümmt da, wie damals in der Dusche, und hob das Gesicht zum grauen kalten Himmel hinauf. Unbeholfen stand sie da, in ihrer grünen Wolljacke, dem dunkelroten Kleid, mit dem riesigen Bauch, der rund war wie ein Ball.
So stand sie dort eine Zeitlang, dann umfaßte sie ihren Bauch mit den Armen wie einen Wasserball – und plötzlich schwebte sie über der Erde.
Langsam stieg sie immer höher und höher, als schraube sie sich in den Himmel. Ich sah ihre Fersen über mir, schmutzig und rissig, sie ging immer barfuß …
»Sidorova! Was machst du da?!« heulte plötzlich Traktorina Petrovna los, sprang sogar auf, wollte sich auf sie stürzen, fiel aber auf den Boden. »Sidorova, komm zurück!«
Tanta Manja schaute Nadjka an und fiel auf die Knie. »Ein Wunder!« sagte sie und streckte die Hände empor. »Gott im Himmel, ein Wunder!«
Und Nadjka schaute von oben auf sie hinab. Oh, wie sie schaute!
Und es war, als sei alles erstarrt. Reglos standen die Kinder und reckten die Köpfe. Reglos kniete Tante Manja im Steppengras. Unbeweglich lag Traktorina Petrovna auf der Erde und starrte Nadjka voll Entsetzen an. Der Hirte stand auf seinen Stab gestützt und blickte nach oben. Die Schafe standen da, ihre sanften Gesichter dem Himmel zugewandt. Und die Vögel verharrten im Flug. Auch die Luft war unbewegt, nicht ein Windhauch regte sich. In diesem Augenblick stand alles still.
Nur Nadjka stieg immer höher und höher hinauf. Man konnte sie fast nicht mehr sehen.

Und wenige Minuten später ging die Sonne auf.
Vor unseren Augen wurde sie am Rand von Himmel und Erde geboren, eine riesige rote Sonne, ganz und gar mit Nadjkas Blut beschmiert.
Nadjka hatte die Sonne geboren.
Die stieg immer höher und höher, und plötzlich war sie ganz zu sehen und erstrahlte.
Die Sonne war ganz anders als vorher.
Es war eine ganz neue Sonne.
Die Sonne lag am Himmel wie ein Säugling in Windeln und schaute auf eine neue Welt, die sich vor ihr ausbreitete.
Da begriff ich, daß kein Krieg ausbrechen würde, daß Nadjka uns heute gerettet hatte, daß es keinen Atomangriff, keine Raketen geben würde ... Es würde keinen Tod geben!
Ich fiel mit dem Gesicht vornüber ins Steppengras und heulte laut, ohne mich zu schämen. Neben meinem Gesicht raschelte etwas. Ich sah, wie die Zieselmaus mit ihrem kleinen Pfötchen die Schokolade Riza-See in ihr Loch zog.

Kapustin Jar und Moskau 1993–1998